SOBRE O OFÍCIO
DO ESCRITOR

Arthur Schopenhauer

SOBRE O OFÍCIO DO ESCRITOR

Apresentação e notas de Franco Volpi

Tradução
LUIZ SÉRGIO REPA (alemão)
EDUARDO BRANDÃO (italiano)

Revisão da tradução
KARINA JANNINI

A presente tradução foi revista pelo organizador
FRANCO VOLPI

Martins Fontes
São Paulo 2003

Título dos originais alemães:
ÜBER SCHRIFTSTELLEREI UND STIL
ÜBER LESEN UND BÜCHER
ÜBER SPRACHE UND WORTE
Título da edição italiana preparada por Franco Volpi:
SUL MESTIERE DELLO SCRITTORE E SULLO STILE (Adelphi Edizioni, Milão)
Copyright © Adelphi Edizioni s.p.a., Milão, 1993 para a organização e o aparelho crítico.
Copyright © 2003, Livraria Martins Fontes Editora Ltda.,
São Paulo, para a presente edição.

1ª edição
outubro de 2003

Revisão da tradução
Karina Jannini
Acompanhamento editorial
Luzia Aparecida dos Santos
Revisões gráficas
*Maria Fernanda Alvares, Renato da Rocha Carlos
e Dinarte Zorzanelli da Silva*

Dados Internacionais de Catalogação na Publicação (CIP)
(Câmara Brasileira do Livro, SP, Brasil)

Schopenhauer, Arthur, 1788-1860.
  Sobre o ofício do escritor / Arthur Schopenhauer ; apresentação e notas de Franco Volpi ; tradução Luiz Sérgio Repa (alemão), Eduardo Brandão (italiano) ; revisão da tradução Karina Jannini. – São Paulo : Martins Fontes, 2003. – (Coleção breves encontros)

  Título original: Über Schriftstellerei und Stil, Über Lesen und Bücher, Über Sprache und Worte.
  "A presente tradução foi revista pelo organizador Franco Volpi"
  ISBN 85-336-1927-8

  1. Arte de escrever 2. Estilística 3. Estilo literário 4. Linguagem – Filosofia 5. Retórica 6. Schopenhauer, Arthur, 1788-1860. Sobre o ofício do escritor e o estilo – Crítica e interpretação I. Volpi, Franco, 1952. II. Título. III. Série.

03-5739   CDD-801

Índices para catálogo sistemático:
1. Literatura : Filosofia e teoria   801

Todos os direitos desta edição para o Brasil reservados à
Livraria Martins Fontes Editora Ltda.
*Rua Conselheiro Ramalho, 330/340 01325-000 São Paulo SP Brasil
Tel. (11) 3241.3677 Fax (11) 3105.6867
e-mail: info@martinsfontes.com.br http://www.martinsfontes.com.br*

Apresentação

Os três textos aqui apresentados – *Sobre o ofício do escritor e o estilo, Da leitura e dos livros, Da língua e das palavras* – foram inseridos e publicados por Schopenhauer nos *Parerga e paralipomena*, obra que contém seus "escritos menores", lançada em Berlim, em dois volumes, no ano de 1851. Embora impressa por um obscuro editor, teve um enorme sucesso de público, que recompensou Schopenhauer do ostracismo com o qual havia sido acolhido até então. Tal sucesso deu ensejo a uma redescoberta do seu pensamento e das suas obras precedentes, sendo a primeira de todas *O mundo como vontade e representação*, com a qual ele suscitou grande interesse na Alemanha. Desse modo, depois que os ventos raivosos do positivismo varreram os últimos castelos de areia do idealismo, e tão logo se percebeu que seu furor não traria outra alternativa filosófica além do árido deserto do otimismo cientificista e da ingênua fé no progresso, Schopenhauer – compensando esse vazio – acabou se tornando o filósofo mais lido na Alemanha da segunda metade do século XIX. E não tanto nas universidades (embora também nelas) quanto sobretudo entre aquela burguesia culta, que muito colaborou para o cultivo e a transmissão do grande patrimônio artístico e literário da cultura alemã. Sem Schopenhauer, fenômenos como o êxito da música de Wagner ou a receptividade a Nietzsche, que deram à alma alemã uma marca inconfundível, seriam impensáveis.

Ora – deixando de lado todo discurso sobre o sistema filosófico exposto em *O mundo* e, portanto, sobre as intuições e os motivos fundamentais da metafísica schopenhaueriana de que a cultura alemã se imbuiu –, podemos dizer que os pequenos tratados e os escritos "menores" reunidos nos *Parerga e paralipomena* revelaram com sucesso os traços que tornam inconfundível o estilo filosófico de Schopenhauer: saber conjugar a profundidade com a clareza, a minúcia da observação com a amplitude dos horizontes, o rigor do raciocínio com a vivacidade da exposição, a verve polêmica com a paixão do conhecimento. Se acrescentarmos que, nesta obra, além de aprofundar temas filosóficos em sentido estrito, Schopenhauer atarda-se em reflexões que mostram em que medida para ele o conhecimento filosófico não deve ser apenas especulação pura, isto é, "protofilosofia" ou "teorese", mas sim "sabedoria de vida", teremos algumas coordenadas para compreender as razões de um êxito que não tolerou os restritos recintos disciplinares da filosofia universitária.

Os pequenos tratados aqui apresentados formam uma unidade independente pelo tema que os une: a língua e o estilo. Trata-se de um tema que, para Schopenhauer, era capital, e ao qual várias ocasiões o haviam induzido a prestar atenção: durante anos ele tinha se dedicado ao estudo das principais línguas européias, que dominava e cujas literaturas ele freqüentava no original. Guiado pelo filólogo Franz Passow, havia aprendido com perfeição as línguas clássicas, a ponto de escrever diretamente em latim; quanto à literatura, formara-se tendo diante de si o exemplo dos grandes escritores que freqüentavam o salão da sua mãe – entre os quais, Wieland e Goethe – e, depois dos autorizados elogios destes às suas qualidades literárias, a não pouca auto-estima que já cultivava induziu-o sem muitos pudores a sentir-se escritor tanto quanto pensador. E com razão: quando das obscuras profundezas e dos meandros dos textos dos idealistas passamos à leitura de Schopenhauer, temos de fato a impressão de entrar numa sala intensamente iluminada. Ocasiões para Schopenhauer se ocupar da língua e do estilo lhe eram oferecidas não apenas pelas já citadas circunstâncias da sua biografia intelectual, mas também pelos grandes problemas lingüísticos debatidos em seu tempo, como o desaparecimento do latim enquanto língua científica internacional e sua substituição pelas línguas nacionais; as querelas lingüísticas dos puristas, que na Alemanha representavam uma tendência particularmente insistente e obstinada; o debate sobre a relação entre pensamento, palavra e expressão, de que foi um célebre marco o ensaio de Kleist, *Über die allmähliche Verfertigung der Gedanken beim Reden* [Sobre a progressiva formação dos pensamentos durante o discurso]. Todas essas questões interessaram Schopenhauer, que interveio para explicitar seu ponto de vista.

O fato é que, em relação aos problemas da língua e do estilo, da leitura e da escrita, Schopenhauer se sentia não apenas profundamente envolvido, mas também mais competente que muitos de seus contemporâneos. Do mesmo modo que, em outros temas, ele se preocupou em fustigar os maus hábitos filosóficos dominantes, aqui ele intervém para criticar os vícios e a decadência da língua e do estilo do seu tempo – isto é, de todos os tempos. E propõe, como antídoto, uma série de observações, recomendações e sugestões, teóricas e práticas, para curar as doenças crônicas da pena, que atingem escritores, literatos, jornalistas e todos os que têm a ver com os livros e o papel impresso. Trata-se, portanto, de conselhos para bem praticar a escrita – mas com isso, inevitavelmente, para também praticar corretamente o pensar, se é verdade, como Schopenhauer assinala, que a limpidez da escrita é o reflexo da clareza do pensamento e que, portanto, a qualidade da escrita é um hábito irrenunciável para qualquer um, mesmo para um pensador.

Como se sabe, o texto dos *Parerga e paralipomena*, de que os três escritos aqui apresentados fazem parte, apresenta alguns problemas filológicos. Schopenhauer havia anotado na sua cópia da obra (na edição de 1851) uma série de integrações, tendo em vista uma eventual reedição. No entanto, elas só apareceram na edição póstuma, de 1862, organizada por seu aluno predileto, Julius Frauenstädt, que inseriu no texto as anotações de Schopenhauer e acrescentou outras, tiradas de cartas inéditas. Seguindo esse critério, Frauenstädt preparou uma edição que é apresentada como "melhorada e consideravelmente aumentada com base nas cartas manuscritas" e que, em 1874, foi republicada sem modificações – infelizmente com várias falhas e gralhas, que se insinuaram durante a recomposição tipográfica do texto – no quinto volume das *Sämtliche Werke* por ele editadas para a Brockhaus de Leipzig. Por ter sido realizada *post mortem*, a operação de integração textual levada a cabo por Frauenstädt, embora obedecendo fielmente à vontade do autor, é bastante delicada no que concerne à filologia.

Mesmo assim, o exemplo de Frauenstädt foi seguido por todos os sucessivos editores da obra: Eduard Grisebach, Paul Deussen e Arthur Hübscher. A única exceção é a recente edição de Ludger Lütkehaus (*Werke*, Haffmans, Zurique, 1989), que, adotando rigorosamente o critério *ne varie-*

tur, reproduz o texto de 1851. Essa opção acrescenta, porém, o inconveniente de empobrecer a obra, excluindo dela até mesmo as integrações que o próprio Schopenhauer havia previsto e já inserido na sua cópia pessoal. É evidentemente por esse grave inconveniente que todos os outros editores preferiram percorrer o caminho aberto por Frauenstädt. É o caso de Eduard Grisebach que, na edição da obra contida no quarto volume das *Sämtliche Werke* por ele editadas (Reclam, Leipzig, 1896), baseia-se na edição de Frauenstädt de 1874 (sem se dar conta de que a de 1862 é preferível). No que diz respeito a Frauenstädt, ele estava numa posição desvantajosa, já que podia dispor apenas das cartas inéditas, mas não da cópia da obra anotada por Schopenhauer. O que ele empreendeu novamente foi a tentativa de documentar, num apêndice, a proveniência das integrações, para torná-las reconhecíveis ante o texto publicado em vida. As lacunas e as graves carências dessa primeira tentativa foram superadas por Paul Deussen na sua edição da obra, acompanhada de um aparato crítico digno do nome e publicada em 1913 como quarto volume das *Sämtliche Werke* por ele editadas para a Piper de Munique.

A obra crítica de Deussen foi aperfeiçoada posteriormente por Arthur Hübscher, que estabeleceu com sua edição das *Sämtliche Werke* (Brockhaus, Wiesbaden, 1972[3], revista por Angelika Hübscher, 1988[4]) o texto hoje unanimemente considerado definitivo, fornecendo os aparatos críticos que permitem reconhecer os vários estratos da composição, em particular os acréscimos póstumos com respeito à edição original de 1851, assim como a sua proveniência.

A presente tradução se baseia no texto da edição hoje definitiva de Hübscher. A ela remetemos explicitamente para eventual consulta dos aparatos filológicos que não são reproduzidos aqui, por serem supérfluos à finalidade da presente edição.

No que concerne à ordenação dos textos, diga-se que, ao contrário dos *Parerga*, os *Paralipomena* são dispostos de acordo com uma numeração contínua, seja dos tratados (de 1 a 31), seja dos parágrafos (de 1 a 396, com alguns números dobrados). Nossos tratados são respectivamente os de número 23 (§§ 272-289/a), 24 (§§ 290-297) e 25 (§§ 298-303a). Na presente edição, os parágrafos foram renumerados, mas indicamos entre colchetes a numeração original. Há, pois, uma dupla numeração: do nº 1 [= 272] ao nº 40 [= 303a].

Franco Volpi

SOBRE O OFÍCIO
DO ESCRITOR

1 [272]

Antes de tudo, há dois tipos de escritor: os que escrevem por amor do assunto e os que escrevem por escrever. Aqueles tiveram idéias ou fizeram experiências que lhes parecem dignas de ser comunicadas; estes precisam de dinheiro, e por isso escrevem, por dinheiro. Pensam com o propósito de escrever. Podem ser reconhecidos pela sua tendência a prolongar ao máximo seus pensamentos e a expô-los com meias-verdades, obliqüidade, de maneira forçada e oscilante, em geral também por seu amor pelo claro-escuro, a fim de parecer o que não são; por tal razão, faltam precisão e clareza completa ao seu texto. Sendo assim, pode-se logo notar que escrevem para preencher o papel; às vezes isso transparece em nossos melhores escritores: por exemplo, em algumas passagens da *Dramaturgia* de Lessing e até mesmo em alguns romances de Jean Paul. Tão logo o percebemos, devemos nos desfazer do livro, pois o tempo é precioso. No fundo, porém, o autor ilude o leitor quando escreve para preencher o papel, pois a alegação de sua escrita é ter algo a comunicar. Os honorários e a proibição da reprodução são, na verdade, a deterioração da literatura. Só quem é movido exclusivamente pela causa que lhe interessa escreve o que é digno de ser escrito. Que ganho inestimável haveria se em todas as áreas de uma literatura existissem apenas poucos, mas primorosos livros. Entretanto, nunca se chegará a esse ponto enquanto houver honorários a lucrar. É como se tivesse caído uma maldição sobre o dinheiro: todo escritor torna-se ruim assim que começa a escrever com o objetivo do lucro. As obras mais primorosas dos grandes homens são todas da época em que eles ainda tinham de escrever de graça ou por honorários muito reduzidos. Portanto, confirma-se também aqui o provérbio espanhol: *honra y provecho no caben en un saco* ("honra e dinheiro não cabem no mesmo saco"). O estado deplorável da literatura hodierna, na Alemanha e no exterior, tem na sua raiz o fato de se ganhar dinheiro escrevendo livros. Todo aquele que precisa de dinheiro senta-se à escrivaninha e põe-se a escrever um livro, e o público é suficientemente tolo para comprá-lo. A conseqüência secundária disso é a deterioração da língua.

Uma grande quantidade de escritores ruins vive tão-somente da tolice do público, que não quer ler nada além do que foi impresso no mesmo dia: são os jornalistas. O nome já diz tudo! Em alemão dever-se-ia dizer "diarista"[1]*.

---

* O que caracteriza os *grandes* escritores (no gênero mais elevado), bem como os artistas, e, portanto, é um traço comum a todos eles, é o fato de *levarem a sério o que fazem*: todos os outros só se preocupam com as vantagens e o lucro.

2 [273]

Por outro lado, pode-se dizer que há três tipos de autor: em primeiro lugar, os que escrevem sem pensar. Escrevem partindo da memória, de reminiscências, ou até diretamente de livros alheios. Essa classe é a mais numerosa. Em segundo lugar, os que pensam enquanto escrevem. Pensam a fim de escrever. São muito freqüentes. Em terceiro lugar, os que pensaram antes de se porem a escrever. Escrevem simplesmente porque pensaram. São raros.

O escritor do segundo tipo, que adia o pensamento até o momento da escrita, é comparável ao caçador que caça ao acaso: dificilmente trará

> Se alguém alcança a glória por meio de um livro qualquer, escrito a partir de uma vocação ou impulso interno, mas logo depois torna-se um polígrafo, *vende sua glória por dinheiro vil.* Quando se escreve só para ter o que fazer, nada dá certo.
>
> Só nesse século há escritores por *profissão*. Até então houve escritores por *vocação*.

muita coisa para casa. Inversamente, o modo de escrever do escritor do terceiro e raro tipo assemelha-se a uma montaria em que a caça foi antes capturada e amalhada para só depois sair em massa do cercado, rumo a outro recinto igualmente fechado, onde não pode escapar ao caçador, de modo que este tem de lidar então só com a mira e o disparo (da exposição). Essa é a caça rentável.

Mas mesmo entre o pequeno número de escritores que pensam de fato, com seriedade e antecipação, mais uma vez são extremamente poucos os que pensam sobre *as coisas em si*; os restantes pensam meramente nos *livros*, no que foi dito por outrem. Para pensar, carecem de uma incitação mais imediata e forte, derivada de pensamentos alheios e já prontos. Estes tornam-se então seu próximo tema; é por esse motivo que eles permanecem sempre sob a influência desses pensamentos e, conseqüentemente, nunca alcançam a verdadeira originalidade. Já os primeiros são incitados a pensar pelas *coisas em si*; eis por que seu pensamento é voltado diretamente a elas. Apenas entre esses escritores encontram-se aqueles que permanecem e se tornam imortais. Naturalmente, trata-se aqui de disciplinas elevadas, e não de escritores às voltas com a destilação de aguardente.

Só quem tira diretamente da própria cabeça a matéria do que escreve é digno de ser lido. No entanto, os fazedores de livros, compendiadores, historiadores triviais e outros mais extraem seu material diretamente dos livros: destes sai a substância que acaba nos dedos, sem ter sofrido na cabeça o pagamento do imposto alfandegário e a inspeção, para não falar de uma elaboração. (Quão douto não seriam aqueles que soubessem tudo o que se encontra em seus próprios livros!) Por essa razão, seu discurso tem amiúde um sentido tão indeterminado, que em vão nos esforçamos para descobrir o *que* eles pensam afinal. Estes, justamente, não pensam de modo algum. E às vezes o livro que copiam é redigido da mesma maneira; ou seja, esse gênero de escrita assemelha-se à reprodução feita a partir de moldes de gesso que, por sua vez, foram feitos a partir de outros moldes e assim por diante, de modo que, no final das contas, até mesmo um Antínoo torna-se o contorno quase irreconhecível de um rosto. Sendo assim, deve-se evitar ao máximo ler os compiladores, já que ficar sem ler nenhum é muito difícil; de fato, até mesmo os compêndios que contêm num espaço restrito o saber coligido no curso de muitos séculos pertencem às compilações.

Não há erro maior do que crer que a palavra enunciada por último seja sempre a mais correta, que tudo o que foi escrito posteriormente seja um aprimoramento do que foi escrito antes e que toda modificação seja um progresso. As cabeças pensantes, os homens de juízo correto e as pessoas que levam as coisas a sério são apenas exceções; no mundo inteiro, a regra é a canalha; e esta encontra sempre empenho e disposição para piorar a seu modo, com supostas melhoras, o que foi dito por aqueles indivíduos que pensam, depois de amadurecer sua reflexão. Desse modo, quem quer se instruir sobre um tema, deve ser cuidadoso ao recorrer de imediato aos livros mais recentes que tratam do assunto, na pressuposição de que as ciências sempre progridem e de que para a sua composição foram usados livros mais antigos. E o foram, por certo; mas como? Com freqüência, o autor não entende a fundo os mais antigos; além disso, não quer usar exatamente as mesmas palavras e por isso acaba deturpando e estropiando o que foi dito por eles de maneira muito melhor e mais clara, visto que escreveram a partir do conhecimento vivo e próprio do assunto. Amiúde o autor deixa de lado o melhor do que os escritores precedentes descobriram, suas explicações mais pertinentes sobre a questão e suas observações mais felizes, porque desconhece seu valor e não sente o que há de pregnante nelas. Para ele, somente as coisas insignificantes e superficiais são homogêneas. Muitos livros mais antigos e primorosos já foram substituídos por outros mais recentes, piores, redigidos por dinheiro, mas apresentados com toda pretensão e apregoados pelos colegas. Nas ciências, todo aquele que quer se afirmar traz algo de novo ao mercado: freqüentemente, isso consiste apenas em derrubar o que até então valia por correto, pondo no lugar suas patranhas; uma vez ou outra tem-se êxito por um breve período, e depois se retorna ao que era antes correto. Para os inovadores, nada no mundo merece ser considerado, exceto sua valorosa pessoa: querem afirmá-la. Ora, isso tem de acontecer rapidamente, mediante um paradoxo: a esterilidade de suas cabeças recomenda-lhes o caminho da negação; então as verdades há muito reconhecidas são desmentidas, como a força vital, o sistema nervoso simpático, a *generatio aequivoca*, a separação estabelecida por Bichat entre o efeito das paixões e o da inteligência; retorna-se ao atomismo crasso e assim por diante. Esta é a razão pela qual o *andamento das ciências* muitas vezes se mostra *retrógrado*. Fazem parte disso também os tradutores, que ao mesmo tempo retificam e reelaboram seu autor, o que se me afigura sempre uma impertinência. Escreve tu os próprios livros que sejam dignos de tradução e deixa as obras de outrem como são. Portanto, devem-se ler, se possível, os autores verdadeiros, os fundadores e inventores das coisas, ou ao menos os grandes mestres reconhecidos da área, e preferir comprar em segunda mão os *livros*, e não seu conteúdo. No entanto, como *inventis aliquid addere facile est*, será necessário, uma vez bem-postos os fundamentos, conhecer também os acréscimos mais recentes. Em resumo, portanto, vale aqui, como em toda parte, a seguinte regra: o novo é raramente o bom, pois o bom só é novo por pouco tempo*.

---

* Para assegurar a atenção duradoura e a adesão do público, deve-se ou escrever algo que tenha valor permanente, ou escrever sempre uma novidade que, justamente por isso, acabará sendo cada vez pior.

"Se eu quiser manter-me à superfície,
tenho de escrever um livro a cada feira."

Tieck

O que o sobrescrito deve ser para uma carta é o que um *título* deve ser para um livro, ou seja, antes de tudo, deve ter o objetivo de destiná-lo à parte do público que pode se interessar por seu conteúdo. Sendo assim, o título precisa ser característico e, por ser naturalmente breve, deve ser conciso, lacônico, pregnante e, se possível, um monograma do conteúdo. São ruins, portanto, os títulos prolixos, os que nada dizem, os oblíquos, os ambíguos ou, mais ainda, os falsos e especiosos; estes últimos podem trazer aos seus livros o destino das cartas com sobrescrito errado. Mas os piores são os títulos furtados, isto é, os que pertencem a outro livro: trata-se, em primeiro lugar, de um plágio e, em segundo, da prova mais terminante da total falta de originalidade, pois quem não a possui o bastante para imaginar um título novo para o seu livro será menos capaz ainda de dar-lhe um conteúdo novo. A estes se assemelham os títulos imitados, isto é, roubados pela metade, por exemplo, quando há tempos, depois de eu ter escrito *So-*

bre a vontade na natureza, Oerstedt escreve *Sobre o espírito na natureza.*

Quão pouca honestidade há entre os escritores é algo que se torna evidente pela falta de escrúpulos com que falsificam as citações dos textos alheios. Já me aconteceu de encontrar regularmente falsificadas, em citações, certas passagens de minhas obras – e apenas os meus sequazes mais declarados fazem exceção a esse propósito. Muitas vezes, a falsificação ocorre por descuido, visto que as expressões e locuções triviais e banais saem espontaneamente da pena do falsificador, e ele as escreve por força do hábito; outras vezes, a falsificação ocorre por pedantismo: querem "melhorar" meu texto; mas com demasiada freqüência isso se dá por má-fé – e, nesse caso, trata-se de uma abjeção vergonhosa e de uma velhacaria que, como a falsificação de moedas, priva definitivamente seu autor do caráter de homem honesto.

3 [274]

Um livro nunca pode ser mais do que a impressão dos pensamentos do autor. O valor desses pensamentos reside na *matéria*, ou seja, naquilo *sobre o que* ele pensou, ou na *forma*, isto é, na elaboração da matéria, naquilo *que* pensou a respeito.

A matéria "sobre a qual" pensou é bastante múltipla, e igualmente são os méritos que ela confere aos livros. Toda matéria empírica, portanto tudo o que for histórico ou fisicamente factual, considerado em si mesmo e no sentido mais amplo, faz parte disso. A peculiaridade reside no *objeto*; eis a razão de o livro poder ser importante, qualquer que seja seu autor.

Quanto a "o que" pensou, a peculiaridade reside no *sujeito*. Os objetos podem ser de um gênero que seja acessível e conhecido por todos os seres humanos; mas a forma da concepção, o "quê" do pensamento, é o elemento que confere aqui o valor e reside no sujeito. Se, portanto, sob esse aspecto, um livro for primoroso e sem igual, assim também será seu autor. Disso resulta que o mérito de um escritor digno de ser lido é tanto maior quanto menos ele deve à matéria e, por conseguinte, chega a ser tanto maior quanto mais ela for conhecida e gasta. Assim, por exemplo, os três grandes trágicos gregos trabalharam todos eles a mesma matéria.

Portanto, quando um livro é célebre, deve-se distinguir bem se o é devido à matéria ou à forma.

Pessoas bastante comuns e superficiais podem, graças à *matéria*, apresentar livros muito importantes, uma vez que esta era acessível apenas a eles: por exemplo, descrições de terras distantes, de fenômenos naturais raros, de tentativas empreendidas e histórias que testemunharam ou cujas fontes lhes custaram esforços e tempo para serem encontradas e especificamente estudadas.

Em contrapartida, quando o que importa é *a forma*, uma vez que cada um já conhece a matéria ou tem acesso a ela, quando, portanto, apenas o "quê" do pensamento sobre ela pode dar valor ao feito, então apenas uma mente excelente é capaz de oferecer algo digno de ser lido. Pois os demais se limitarão sempre a pensar o que qualquer outro pode pensar. Eles fornecem uma cópia do seu espírito, mas dela todos já possuem o original.

O público, porém, dedica seu interesse muito mais à matéria do que à forma e precisamente por isso se atrasa em sua formação superior. Do modo mais irrisório, ele revela esta sua tendência quando se trata de obras poéticas, procurando apurar com zelo os acontecimentos reais ou as circuntâncias pessoais que serviram de ensejo ao poeta: com efeito, tais acontecimentos e circunstâncias acabam por interessar-lhe mais do que as próprias obras, e ele lê mais sobre o que foi escrito *a respeito de* Goethe do que *por* Goethe e estuda com mais diligência a lenda de Fausto do que o próprio *Fausto*. E se Bürger já disse: "Eles empreenderão investigações eruditas para saber quem foi realmente Lenore", vemos que isso se cumpriu literalmente no caso de Goethe, uma vez que já dispomos de muitas pesquisas eruditas sobre o Fausto e sua lenda. Foram e permanecem ligadas à matéria. Essa preferência pela matéria, em oposição à forma, é como se alguém deixasse de observar a forma e a pintura de um belo vaso etrusco para examinar quimicamente a argila e as cores.

Entregue a esse péssimo pendor do público, a iniciativa de produzir algum efeito por meio da *matéria* torna-se absolutamente condenável nas áreas em que o mérito deve residir expressamente na *forma* – ou seja, nos gêneros poéticos. Não obstante, vêem-se muitas vezes escritores dramáticos ruins empenhados em encher o teatro recorrendo à matéria; assim, por exemplo, levam ao palco qualquer homem célebre, por mais crua que tenha sido sua vida nos acontecimentos dramáticos, e por vezes nem chegam a esperar que as personagens apresentadas com ele tenham morrido.

A diferença aqui em questão entre matéria e forma é válida mesmo no que se refere à conversação. Pois um homem está capacitado para esta se tiver antes de tudo entendimento, juízo, graça e vivacidade, qualidades que dão *forma* à conversação. Mas logo em seguida será considerada a sua *matéria*, ou seja, aquilo sobre o que se pode falar com aquela pessoa, seus conhecimentos. Se são muito poucos, só um grau insolitamente elevado das propriedades formais acima mencionadas pode conferir algum valor à sua conversação, uma vez que, no que concerne à sua matéria, a conversação se reduz a situações e coisas humanas e naturais, geralmente conhecidas. O contrário acontece quando faltam a uma pessoa essas qualidades formais, enquanto seus conhecimentos de uma espécie qualquer conferem algum valor à sua conversação, que nesse caso, porém, repousa exclusivamente em sua matéria, em conformidade com o provérbio espanhol: *mas sabe el necio en su casa, que el sabio en la ajena.*

4 [275]

A vida real de um pensamento dura apenas até ele chegar ao limite das palavras: nesse ponto, ele se lapidifica, morre, portanto, mas continua indestrutível, tal como os animais e as plantas fósseis dos tempos pré-históricos. Essa realidade momentânea da sua vida também pode ser comparada ao cristal, no instante da cristalização.

Pois, assim que nosso pensamento encontra as palavras, ele já não é interno, nem está realmente no âmago da sua essência. Quando começa a existir para os outros, ele deixa de viver em nós, como o filho que se desliga da mãe ao iniciar a própria existência. Mas diz também o poeta:

> "Não me confundais com contradições!
> *Tão logo se fala, já se começa a errar.*"[2]

5 [276]

A pena é para o pensar o que a bengala é para o andar; mas o caminhar mais rápido é aquele sem bengala, e o pensamento mais perfeito vai por si mesmo sem a pena. Só quando começamos a envelhecer é que preferimos nos servir da bengala e da pena.

6 [277]

Na cabeça em que se instalou ou nasceu, uma *hipótese* leva uma vida que se assemelha à de um organismo, na medida em que assimila do mundo exterior apenas o que lhe é proveitoso e homogêneo e rejeita, em contrapartida, o que lhe é heterogêneo e pernicioso, ou, se não pode evitar absorvê-lo, expele-o novamente tal como entrou.

7 [278]

A *sátira*, como a álgebra, deve operar apenas com valores abstratos e indeterminados, não com os concretos ou com grandezas definidas; e, do mesmo modo como sobre indivíduos vivos não se exercita a anatomia, também não se deve exercer a sátira, sob pena de pairar a incerteza sobre a própria pele e a própria vida.

8 [279]

Para ser *imortal*, uma obra precisa ter tantas qualidades que não seja fácil encontrar alguém que as apreenda e avalie *todas*; no entanto, é comum acontecer de *tal* qualidade ser reconhecida e venerada por um indivíduo, *outra* por outro, de modo que o prestígio de uma obra se conserva ao longo dos séculos e na troca permanente dos interesses, enquanto ela é venerada ora *neste* sentido, ora *naquele*, sem nunca se esgotar. Mas o autor de tal obra, isto é, aquele que visa a uma permanência e a uma vida ainda na posteridade, só pode ser um homem que não busca em vão, neste vasto mundo, seu igual entre seus contemporâneos, e que não apenas se destaca claramente em relação a todos os outros por uma diversidade muito notável, mas também que, mesmo se atravessasse, como o judeu errante, várias gerações, ainda assim se encontraria na mesma situação; em suma, alguém a quem se aplique de fato o dito de Ariosto: "lo fece natura e o poi ruppe lo stampo"³. Pois, caso contrário, não se poderia compreender por que seus pensamentos não se deveriam extinguir como todos os outros.

9 [280]

Em quase toda época, tanto na arte como na literatura, entra em voga e é admirado algum ponto de vista fundamental, um modo ou estilo que são errôneos. As cabeças comuns empenham-se com afã para apropriar-se dele e pô-lo em prática. Quem tem discernimento percebe-o e desdenha-o: ele permanece fora da moda. Mas, após alguns anos, o público também volta atrás e reconhece o embuste pelo que é, desta vez escarnecendo dele, e o adorno, antes admirado, de todas aquelas obras amaneiradas, cai como um horrendo enfeite de gesso que reveste um muro, e elas jazem nuas como este. Sendo assim, não devemos nos aborrecer, mas nos alegrar, quando alguma opinião fundamental errônea, que secretamente já havia exercido sua influência há muito tempo, chega a ser expressa de maneira decidida, em voz alta e com nitidez, pois a partir de então sua falsidade será logo sentida, reconhecida e por fim também proclamada. É como se um abscesso se rompesse.

10 [281]

As *revistas literárias* deveriam ser um dique contra a escrevinhação inescrupulosa do nosso tempo e a conseqüente enxurrada cada vez maior de livros inúteis e ruins, julgando-os de maneira íntegra, justa e rigorosa e flagelando sem piedade toda obra malfeita de um incompetente, toda literatice com que as cabeças-ocas querem socorrer os bolsos vazios, portanto cerca de nove décimos de todos os livros, e contrariando, conforme o dever, o comichão de escrever e o logro, em vez de promovê-los, já que sua tolerância infame encontra-se aliada ao autor e ao editor para subtrair ao público tempo e dinheiro. Em regra, os escritores são professores ou literatos que, pelos baixos vencimentos e honorários ruins, escrevem por necessidade de dinheiro; ora, como seu objetivo é um fim comum, têm também um interesse comum, são solidários, protegem-se reciprocamente, e cada um faz as vezes do outro; esta é a fonte de todos os comentários louvadores sobre livros ruins que compõem o conteúdo das revistas literárias, cujo lema deveria ser: "Viver e deixar viver!" (e o público é tão simplório que prefere ler o novo ao bom). Há, ou houve, entre essas revistas, alguma que possa se gabar de nunca ter louvado a mais indigna escrevinhação, de nunca ter censurado e diminuído obras primorosas ou, de maneira mais ladina, tê-las tratado como insignificantes, a fim de tirá-las de vista? Há porventura alguma que tenha sempre escolhido conscienciosamente as obras a serem indicadas, de acordo com a sua importância, e não segundo recomendações de padrinhos, acatamentos de coleguismo ou até propinas do editor? Por acaso alguém que não seja um novato, tão logo encontra um livro muito louvado ou censurado, não dirige quase mecanicamente seu olhar para a assinatura do editor? De modo geral, as recensões são feitas no interesse dos editores, e não do público. Se, por outro lado, houvesse uma revista literária como a acima desejada, todo escritor ruim, todo compilador sem idéias, todo copiador de livros alheios, todo filosofastro oco, incapaz e faminto por uma contratação, todo poetastro difuso e vaidoso teria os dedos paralisados ante a perspectiva de ver imediata e infalivelmente sua obra malfeita na berlinda, o que seria a verdadeira salvação da literatura, uma vez que nela o ruim não é meramente inútil, mas positivamente pernicioso. Ora, a maioria dos livros é ruim e não deveria ter sido escrita; por conseguinte, o louvor deveria ser tão raro quanto o é agora a censura, sob a influência dos acontecimentos pessoais e da máxima *accedas socius, laudes lauderis ut absens*[4]. É absolutamente errado querer transferir também para a literatura a tolerância que, por necessidade, deve-se empregar com pessoas obtusas e descerebradas na sociedade, em que pululam tipos semelhantes. Pois, na literatura, eles são intrusos impudentes, e, nesse caso, difamar as coisas ruins é um dever em relação às coisas boas, pois, para aquele a quem nada é ruim, nada é igualmente bom. Em geral, a *cordialidade* proveniente da sociedade é na literatura um elemento estranho e muitas vezes nocivo, já que requer que o ruim seja chamado de bom e, desse modo, acaba contrariando os objetivos da ciência, assim como os da arte. Sem dúvida, uma revista literária tal como desejo só poderia ser escrita por pessoas em que a probidade incorruptível estivesse unida a conhecimentos raros e a uma capacidade de julgar ainda mais rara; segundo esse critério, a Alemanha inteira mal poderia, e quando muito, produzir uma *única* revista desse tipo; esta constituiria um areópago justo e para o qual todo membro deveria ser eleito por todos os outros em conjunto, ao contrário das revistas literárias atuais, que são feitas por corporações universitárias, ou súcias literárias, e, pelas caladas, talvez ainda por comerciantes de livros, em proveito do seu comércio, e que, em regra, incluem algumas coalizões de cabeças ruins para impedir o êxito das coisas boas. Em parte alguma há mais improbidade do que na literatura; já o disse Goethe, como relatei com detalhes em *Vontade na natureza* (p. 22; 2ª ed., p. 17).

Em primeiro lugar, portanto, deveria ser destruído aquele escudo de toda velhacaria literária: o *anonimato*. Nas revistas literárias, ele foi introduzido sob o pretexto de que protegeria o recenseador probo e o admoestador do público contra o rancor do autor e de seus benfeitores. No entanto, contra um caso desse tipo, haverá cem em que o anonimato serve apenas para subtrair toda responsabilidade a quem não é capaz de defender o que diz, ou talvez até para ocultar o opróbrio de quem é venal e infame o suficiente para apregoar ao público, por uma gorjeta do editor, um livro ruim. Amiúde o anonimato serve meramente para encobrir a obscuridade, a insignificância e a incompetência do julgador. É incrível a insolência desses indivíduos, que não temem cometer tratantadas literárias quando sabem estar em segurança, sob a sombra do anonimato. Assim como há remédios universais, o que segue é uma *anticrítica universal* contra todas as recensões anônimas que tenham louvado as coisas ruins bem como censurado as boas: "Nomeia-te, velhaco! Pois quem é honesto não ataca sob máscara e capuz pessoas que passeiam com a face descoberta: como tal agem os tratantes e patifes. Portanto: nomeia-te, velhaco", *probatum est.*

Rousseau já havia dito, no prefácio da *Nova Heloísa*: "Tout honnête homme doit avouer les livres qu'il publie." Ou seja: "Todo homem honesto deve pôr seu nome no que escreve"; e, de modo geral, frases afirmativas deixam-se inverter *per contrapositionem.* E quanto isso não vale ainda mais para escritos polêmicos, como em grande parte são as recensões! É por isso que Riemer tem inteira razão quando diz em suas *Comunicações sobre Goethe* (p. XXIX do prefácio): "Quem enfrenta abertamente seu adversário é uma pessoa honesta, moderada, com quem podemos nos entender, nos dar e reconciliar; ao contrário, um adversário oculto é um *patife ignóbil e covarde*, que não possui coragem o bastante para declarar seu julgamento, alguém, portanto, que não preza a própria opinião, mas somente o deleite secreto de vingar-se despercebida e impunemente." Esta deve ter sido também a opinião de Goethe, pois geralmente ela se expressa em Riemer. De modo geral, porém, a regra de Rousseau se aplica a toda linha posta no prelo. Por acaso alguém toleraria um mascarado que quisesse arengar ao povo ou discursar ante uma assembléia? E que com isso chegasse a atacar os outros, cobrindo-os de vitupérios? Seus escritos não seriam no mesmo instante lançados porta afora a pontapés?

Finalmente alcançada na Alemanha e logo abusada da maneira mais desonrosa, a liberdade de imprensa deveria, ao menos, ser condicionada por uma proibição contra todo e qualquer anonimato ou pseudonímia, para que cada um fosse responsável pelo que anuncia publicamente por meio do influente porta-voz da imprensa, no mínimo por sua honra, se é que a tem ainda e, se não a tiver, para que seu nome neutralize o seu discurso. Atacar anonimamente pessoas que não escreveram de forma anônima é evidentemente uma infâmia. Um recenseador anônimo é um sujeito que *não quer defender* o que relata ou oculta ao mundo sobre outras pessoas e o trabalho delas e, por isso, não se nomeia. E isso é tolerado? Nenhuma mentira é tão impertinente a ponto de um recenseador anônimo não se permitir contá-la: de todo modo, ele não se considera responsável. Toda recensão anônima visa à mentira e ao engano. Portanto, assim como a polícia não permite que alguém ande mascarado pelas vielas, ela não deveria tolerar que se escreva sob anonimato. As revistas literárias anônimas são, a bem da verdade, o lugar onde impunemente a ignorância ajuíza da erudição, e a estupidez, da inteligência, e onde o público é impunemente logrado, tomando-se-lhe também tempo e dinheiro, e iludido pelo louvor às coisas ruins. Não é, pois, o anonimato o burgo seguro de toda velhacaria literária, em especial a publicista? Ele deveria, portanto, ser demolido até à última pedra, isto é, de modo tal, que todo artigo de revista seja sempre acompanhado do nome do seu autor, sob a séria responsabilidade do redator pela autenticidade da assinatura. Com um regulamento semelhante, dois terços das mentiras dos jornais seriam eliminados, e a insolência de várias línguas venenosas seria refreada, pois mesmo a pessoa mais insignificante é conhecida no lugar onde mora. Em França, começa-se atualmente a empregar esse procedimento.

Contudo, enquanto não existir tal proibição na literatura, todos os escritores probos deveriam se unir para proscrever o anonimato por meio do estigma máximo do desprezo, pronunciado publicamente e sem trégua, dia após dia, tentando de todas as maneiras que se reconheça que a recensão anônima é uma indignidade e uma desonra. Quem escreve e polemiza de maneira anônima tem contra si, *eo ipso*, a suspeita de que quer fraudar o público ou lesar em segurança a honra dos outros. Por isso, toda menção a um recenseador anônimo, mesmo que totalmente casual e sem crítica, deveria ocorrer mediante epítetos, como "o velhaco anônimo e covarde não sei de onde" ou "o patife anônimo encapotado em tal revista", e assim por diante. Esse é realmente o tom conveniente e apropriado ao se falar de tais indivíduos, a fim de que se lhes tire o prazer do ofício. Pois só pode pretender, de alguma maneira, uma estima à sua pessoa aquele que deixa ver quem ele é, para que se saiba quem se tem diante de si; mas não quem espreita encapotado e embuçado, fazendo-se além de tudo imprestável: tal pessoa é, antes, *ipso facto*, um fora-da-lei. É Ὀδυσσεὺς Οὖτις, um Mr. Nobody (senhor ninguém), e a todos é lícito declarar que Mr. Nobody é um patife. Por essa razão, deve-se tratar logo todo recenseador anônimo, particularmente no que diz respeito a anticríticas, como patife e biltre, e não, como fazem alguns autores sujos da corja, que o chamam, por covardia, de "estimado senhor recenseador". "Um biltre que não se nomeia!" deve ser o veredicto de todos os escritores honrados. E se depois alguém consegue o mérito de arrancar a carapuça do patife, já colocado na berlinda, e de arrastá-lo ao chão pela orelha, o noctívago suscitará durante o dia um grande júbilo. A cada calúnia verbal que se ouve, a primeira indignação que irrompe se expressa, em regra, com a pergunta "Quem disse isso?" – Mas com o anonimato fica-se a dever uma resposta.

Uma impertinência particularmente irrisória de tais críticos anônimos é que eles, como os reis, falam por *nós*, enquanto deveriam falar não apenas no singular, mas também no diminutivo, ou melhor, no "humiliativo"; por exemplo, "minha pequenez miserável, minha manha covarde, minha incompetência dissimulada, minha velhacaria mesquinha" etc. Essa é a fala que convém a vigaristas encapuzados, a esses angüinhas que sibilam do buraco escuro de uma "revisteca literária", dos quais se deve por fim impedir o ofício.

O anonimato é na literatura o que a falcatrua material é na comunidade burguesa. "Nomeia-te, velhaco, ou cala-te" deve ser a divisa. Nesse sentido, pode-se logo completar, quanto à crítica sem assinatura: vigarista! O ofício de escrever sem assinar pode render dinheiro, mas não traz honra alguma. Pois, em seus ataques, o senhor Anônimo é, sem mais, o senhor Patife, e pode-se apostar cem contra um que quem não se nomeia tem intenção de enganar o público*. Com justiça, apenas livros anônimos devem ser recenseados anonimamente. Em geral, com o fim do anonimato, noventa e nove por cento de todas as patifarias li-

* Um recenseador anônimo deve ser logo considerado como um trapaceiro que quer apenas nos enganar. Percebendo isso, os recenseadores, em todos os periódicos literários *honestos*, assinam com o próprio nome. O anônimo quer *enganar* o público e difamar os escritores: no primeiro caso, de modo geral, para beneficiar um comerciante de livros, no segundo, para esfriar sua inveja. Em suma, é preciso acabar com essa patifaria literária que é a recensão anônima.

terárias desapareceriam. Até tal ofício ser proscrito, deveríamos, surgindo a ocasião, dirigir-nos ao homem que mantém a butique (o presidente e o empresário do instituto de recensão anônima) e torná-lo o responsável direto pelos pecados que seus assalariados cometeram, e isso no tom que seu ofício nos autoriza a empregar*. Da minha

* Pelos pecados de um recenseador anônimo deve-se responsabilizar diretamente o homem que editou e redigiu o texto, como se ele próprio o tivesse escrito; do mesmo modo como o mestre artesão se responsabiliza pelo trabalho ruim de seus aprendizes. Sendo assim, em ocasiões semelhantes, deve-se maltratar tal indivíduo da maneira que merece o seu ofício, sem qualquer atenuante.

Anonimato é vigarice literária, contra a qual se deve logo gritar: "Se não queres, patife, confessar-te pelo que dizes contra outras pessoas, mantém fechada tua boca difamadora!"

Uma recensão anônima não possui mais autoridade que uma carta anônima e, portanto, deveria ser recebida com a mesma desconfiança com que se recebe esta. Ou se quer porventura aceitar o nome do homem que se presta a presi-

parte, preferiria presidir uma casa de jogo ou um bordel a uma toca de recenseadores anônimos.

11 [282]

O *estilo* é a fisionomia do espírito. Esta é mais iniludível que a do corpo. Imitar o estilo alheio significa usar uma máscara. Se esta ainda fosse bela, tornar-se-ia logo, pela falta de vida, insípida e insustentável, de sorte que até a face viva mais horrenda seria preferível. Por isso, os escritores que escrevem em latim, imitando o estilo dos antigos, assemelham-se na realidade a máscaras: ouvimos bem o que dizem, mas não vemos sua fisionomia, seu estilo. Entretanto, encontramos este último nos escritos latinos dos *pensadores originais*, uma vez que eles não se dignaram a exercer tal imitação, como é o caso de Scotus Erigena, Petrarca, Bacon, Descartes, Spinoza e outros mais.

dir uma verdadeira *société anonyme* como uma garantia para a veracidade dos seus assalariados?

A afetação no estilo é comparável a uma grimaça. A língua em que se escreve é a fisionomia nacional: estabelece grandes diferenças – desde a dos gregos até a dos caribenhos.

É preciso descobrir os defeitos de estilo nos escritos alheios para evitá-los nos próprios.

12 [283]

A fim de fazer uma apreciação preliminar do valor dos produtos intelectuais de um escritor, não chega a ser necessário saber *sobre o que* ou *o que* ele pensou; para isso seria preciso que se lessem todas as suas obras do começo ao fim – em vez disso, basta primeiramente saber *como* ele pensou. Seu estilo é uma impressão exata desse *como*, dessa propriedade essencial e dessa *qualidade* universal do pensar. Pois o estilo mostra o caráter *formal* de todos os pensamentos de um homem, e tal caráter deve permanecer sempre o mesmo, não importando *o que* e *sobre o que* ele pensou. Tem-se então a massa com que ele modela todas as suas figuras, por mais distintas que estas sejam. Portanto, assim como Eulenspiegel*, que responde de modo aparentemente absurdo quando ordena "vai!" a quem lhe pergunta quanto tempo seria necessário para se chegar a um local próximo – a intenção do primeiro era começar a medir, com base no passo do segundo, até onde este conseguiria chegar num determinado tempo –, aproveito para ler algumas páginas de um autor, o que me permite saber mais ou menos até onde ele me pode ser proveitoso.

Conhecendo secretamente tais circunstâncias, todo medíocre procura mascarar o estilo que lhe é próprio e natural. Isso o obriga, antes de tudo, a renunciar a toda *ingenuidade*, o que faz com que esta continue a ser o privilégio dos espíritos superiores, dotados de sentimento por si mesmos e que, portanto, agem com segurança. A bem

* Suposto personagem do século XIV, retomado como protagonista na literatura popular burlesca. (N. do T.)

da verdade, aquelas cabeças banais simplesmente não conseguem decidir-se a escrever da maneira como pensam, porque intuem que em tal caso seu texto adquira uma aparência muito simplória. Mas isso já seria alguma coisa. Se elas pelo menos quisessem se entregar honestamente ao trabalho e comunicar com simplicidade o que realmente pensaram e como o pensaram, poderiam então ser lidas e conseguiriam até mesmo ser instrutivas na esfera a elas apropriada. Porém, em vez disso, almejam a aparência de ter pensado muito mais e mais profundamente do que é o caso. Por conseguinte, expõem o que têm a dizer com expressões forçadas e complicadas, com neologismos e períodos extensos, que rodeiam e encobrem o pensamento. Oscilam entre o desejo de comunicá-lo e o de escondê-lo. Gostariam de dispô-lo a fim de conferir-lhe um aspecto erudito ou profundo, para que as pessoas pensem que há muito mais por trás do que conseguem perceber no momento. Conseqüentemente, lançam seu pensamento por partes, em sentenças curtas, ambíguas e paradoxais, que parecem sugerir muito mais do que afirmam (exemplos magníficos desse tipo são propiciados pelos escritos de Schelling sobre a filosofia da natureza); outras vezes, porém, expõem seus pensamentos sob uma torrente de palavras, com a prolixidade mais insuportável, como se fossem necessárias sabe-se lá quais medidas milagrosas para tornar inteligível seu sentido profundo – enquanto se trata de uma idéia bastante simples, quando não até mesmo de uma trivialidade (Fichte, em seus escritos populares, e uma centena de cabeças-ocas miseráveis que não merecem ser nomeadas fornecem em seus manuais filosóficos exemplos em abundância); ou se esforçam para adquirir um modo de escrever escolhido ao acaso, mas que deveria parecer distinto; por exemplo, um estilo tão profundo e científico, que o leitor acaba sendo martirizado até a morte pelo efeito narcótico de períodos longos e vazios de pensamentos (exemplos disso são dados particularmente pelos mais impudentes de todos os mortais, os hegelianos, na revista hegeliana, *vulgo* "Anais da Literatura Científica"); ou ainda, visam a um tipo de escrita espirituosa, em que parecem querer enlouquecer, e assim por diante. Todos esses esforços, por meio dos quais buscam afastar o *nascetur ridiculus mus*[5], tornam freqüentemente difícil extrair daquilo que tratam o que querem de fato. Além disso, porém, escrevem palavras, ou melhor, períodos inteiros, nos quais eles mesmos não pensam nada e, no entanto, esperam que outra pessoa pense algo ao lê-los. O motivo de todos esses esforços não é outra coisa senão a ânsia infatigável, que tenta sempre novos caminhos para vender palavras por pensamentos e, mediante expressões, perífrases e composições de todo gênero, novas ou empregadas com nova acepção, produzir a aparência do engenho, a fim de compensar a sua falta dolorosamente sentida. É divertido ver como se tenta, para esse fim, ora esta, ora aquela maneira, para usá-la como uma máscara que represente o espírito; uma máscara que talvez iluda por algum tempo os inexperientes, até ser reconhecida por fim como máscara morta, escarnecida e, em seguida, trocada por outra. Vemos então os escritores ora com estilo ditirâmbico, como que embriagados, ora, talvez já na página seguinte, com uma erudição pomposa, séria e profunda, chegando a uma prolixidade pesadíssima e difícil de digerir, semelhante à do já falecido Christian Wolff, embora em traje moderno. Mais resistente, porém, é a máscara da ininteligibilidade, ainda que só na Alemanha, onde foi introduzida por Fichte e aperfeiçoada por Schelling, alcançando por fim em Hegel seu clímax: sempre com o maior êxito. E, no entanto, não há nada mais fácil do que escrever de maneira que ninguém entenda, como não há, ao contrário, nada mais difícil do que expressar pensamentos significativos de modo que todos devam entender. A abstrusidade assemelha-se à absurdidade, e cada vez é infinitamente mais provável que a primeira esconda uma mistificação em vez de uma intuição profunda. Ora, todas as artes acima aduzidas tornam-se dispensáveis na presença efetiva de espírito: esta permite que cada um se mostre como é, e confirma sempre a sentença de Horácio:

> "Scribendi recte sapere est
> et principium et fons"[6].

Mas aqueles escritores agem como certos metalúrgicos, que tentam mais de cem composições diferentes para substituir o lugar do único e eternamente insubstituível ouro. No entanto, um autor deve resguardar-se, acima de tudo, do esforço visível de querer mostrar mais espírito do que possui; pois isso desperta no leitor a suspeita de que ele o tem muito pouco, já que sempre e de todas as maneiras só se finge o que não se possui de fato. É por isso que se trata de um elogio quando se chama um autor de *ingênuo*, uma vez que tal palavra significa que ele pode se mostrar como é. De modo geral, a ingenuidade é atraente: em contrapartida, o que não é natural nos intimida sempre. Vemos também todo pensador verdadeiro empenhado em expressar seus pensamentos da maneira mais pura, clara, segura e breve possível. Em conformidade com tal fato, a simplicidade sempre foi uma característica não apenas da verdade, mas também da genialidade. O estilo recebe a beleza do pensamento; por outro lado, naqueles pseudopensadores, os pensamentos devem tornar-se belos por meio do estilo. Se o estilo é a mera silhueta do pensamento, escrever de modo obscuro ou ruim significa pensar de maneira indistinta ou confusa.

Portanto, a primeira regra do bom estilo, que por si só já é quase suficiente, é a de ter *algo a dizer*: oh, com ela se vai longe! Mas negligenciá-la é um traço característico dos escritores filosóficos e, em geral, de todos os escritores que refletem na Alemanha, especialmente depois de Fichte. Nota-se em todos esses escritores que eles *parecem* querer dizer alguma coisa, enquanto não têm nada a dizer. Essa forma introduzida pelos pseudofilósofos das universidades pode ser observada sem exceções e mesmo nas primeiras celebridades literárias da época. É a mãe do estilo afetado, vago, de dois ou mesmo de vários sentidos, assim como do extenso e pesado, do *style empesé*, não menos da verbosidade inútil e, finalmente, também do encobrimento da mais desoladora pobreza de pensamento sob uma tagarelice incansável, crepitante, atordoante, que podemos ler por horas a fio sem conseguirmos apanhar um pensamento qualquer, que seja claramente expresso e definido. De tal gênero e arte, há exemplos primorosos em quase todas as páginas dos famigerados *Halle'sche Jahrbücher*, mais tarde chamados de *Deutsche Jahrbücher* [Anais alemães]. Quem tem algo a dizer que valha a pena ser dito não precisa escondê-lo por trás de preciosismos, frases difíceis e alusões obscuras; pode muito bem enunciá-lo de modo simples, claro e ingênuo, e estar certo de que suas palavras não perderão o efeito. Sendo assim, quem recorre aos artifícios já mencionados trai sua pobreza de idéias, de espírito e de conhecimento. Entrementes, os resignados alemães se habituaram a ler, página por página, esse amontoado de palavras, sem saber muito o que o escritor quis propriamente; pensam que isso se faz assim mesmo e não se dão conta de que ele só escreve por escrever. Em contrapartida, um escritor bom e rico de pensamentos obtém logo de seu leitor o crédito de que, com seriedade e de fato, ele *tem algo a dizer* quando fala; e isso dá ao leitor ajuizado a paciência de segui-lo atentamente. Um escritor semelhante, justamente por ter algo a dizer de fato, irá se expressar sempre na maneira mais simples e decidida, pois seu interesse é despertar também no leitor as idéias que acaba de ter naquele momento e nenhuma outra. Por conseguinte, ele poderá dizer com Boileau:

"Ma pensée au grand jour partout s'offre et s'expose,
Et mon vers, bien ou mal, dit toujours quelque chose"[7];

enquanto para os mencionados anteriormente vale outra frase do poeta: "Et qui parlant beaucoup ne disent jamais rien." Uma de suas características é que eles, na medida do possível, também evitam todas as expressões *decididas* para poder, em caso de necessidade, continuar a tirar a corda do pescoço: por isso escolhem, em todos os casos, a expressão *mais abstrata*. Pessoas inteligentes, ao contrário, escolhem a mais concreta, já que esta aproxima o assunto à clareza, que é a fonte de toda evidência. A predileção pelo abstrato pode ser demonstrada com muitos exemplos, mas um particularmente risível é o uso que os escritores alemães desta última década quase sempre fazem do verbo *"condicionar"* em vez de "provocar" ou "causar": de fato, por ser mais abstrato e indefinido, tal verbo diz menos (ou seja, "não sem isso" em vez de "por meio disso") e, portanto, deixa abertas as portas dos fundos, o que é muito apreciado por aqueles nos quais a consciência íntima da própria incapacidade infunde um medo constante de todas as expressões *decididas*. Outros, entretanto, sofrem a tendência nacional de imitar imediatamente na literatura toda estupidez, e na vida, toda descortesia, o que se comprova pela rápida propagação de ambas as coisas; ao passo que um inglês consulta seu próprio juízo quanto ao que escreve e ao que faz, algo pelo qual ninguém pode ser menos elogiado do que os alemães. Dando continuidade ao referido processo, as palavras "provocar" e "causar" desaparecem quase por completo da linguagem livresca dos últimos dez anos, e em toda parte fala-se apenas em "condicionar". Tal fato é digno de menção devido ao seu caráter risível.

A ausência de espírito e o fastio dos textos elaborados por cabeças comuns derivam do fato de que elas falam sempre com meia consciência, isto é, de que na realidade não entendem o sentido de suas próprias palavras, pois, para elas, tais palavras constituem um material a ser aprendido e aceito tal como se apresenta; sendo assim, elas juntam mais frases inteiras (*phrases banales*) do que palavras. Eis o motivo da sensível falta de pensamentos claramente expressos que as caracteriza, visto que carecem justamente do cunho para isso, ou seja, um pensamento claro e autônomo; em seu lugar, encontramos uma teia de palavras obscuras e indefinidas, ditos correntes, locuções gastas e expressões da moda*. Por conseguinte, sua escrevinhação nebulosa assemelha-se a uma impressão com tipos já usados muitas vezes. Por outro lado, pessoas inteligentes falam, em seus escritos, *realmente* a nós e, portanto, são capazes de nos animar e entreter: somente *estas* elaboram cada palavra com plena consciência, com escolha e propósito. Por isso, sua exposição está para aquela acima descrita, como um quadro realmente *pintado* está para um molde fabricado: no primeiro caso, em cada palavra, bem como em cada pincelada, reside uma intenção especial; no segundo, em contrapartida, tudo é

---

* Com as expressões pertinentes, as expressões originais e as locuções felizes ocorre o mesmo que acontece com as roupas: quando são novas, brilham e fazem muito efeito, mas logo todos deitam-lhe a mão; com isso, dentro de pouco tempo, tornam-se gastas e esmaecidas, de sorte que perdem por fim todo o efeito.

preparado mecanicamente*. A mesma diferença pode ser observada na música. Com efeito, é sempre a onipresença do espírito em todas as partes que caracteriza a obra do gênio: é análoga à onipresença da alma de Garrick em todos músculos de seu corpo, como observou Lichtenberg[8].

No entanto, quanto ao *fastio* causado pelos escritos, mencionado anteriormente, deve-se acrescentar a observação geral de que há dois tipos de *aborrecimento*: um objetivo e um subjetivo. O *objetivo* nasce sempre da carência já aludida, ou seja, do fato de o autor não ter pensamentos ou conhecimentos perfeitamente claros a comunicar. Pois quem os tem trabalha visando diretamente ao seu objetivo, que é o de comunicar seus pen-

* A escrevinhação elaborada pelas cabeças comuns parece ter a mesma aplicação dos moldes, ou seja, ela consiste apenas em expressões e frases feitas, que estão em voga e em moda num determinado momento e que são empregadas sem qualquer reflexão. A cabeça superior cria cada frase especificamente para o caso especial e presente.

samentos; sendo assim, tal pessoa transmite conceitos expressos sempre com clareza e não resulta nem prolixa, nem insignificante, nem confusa, portanto não é fastidiosa. Mesmo se seu pensamento fundamental fosse um erro, nesse caso ele é pensado com clareza e ponderação, ou seja, pelo menos está formalmente correto, e com isso o texto conserva sempre algum valor. Em contrapartida, pelas mesmas razões, um escrito objetivamente *fastidioso* é sempre desprovido de valor. O fastio *subjetivo*, por sua vez, é meramente relativo: nasce da falta de interesse do leitor pelo objeto; e esta se explica com uma certa limitação dele. Desse modo, o texto mais primoroso também pode resultar subjetivamente enfadonho para este ou aquele leitor, assim como, inversamente, a pior obra pode ser subjetivamente divertida para este ou aquele, uma vez que seu interesse se volta para o objeto ou para o autor.

Seria conveniente que os escritores alemães se convencessem de que, se é de fato verdade que é preciso pensar possivelmente como um grande espírito, é preciso, porém, falar a mesma língua dos demais. Deve-se usar palavras comuns e dizer coisas incomuns, mas eles fazem o inverso. Nós os econtramos empenhados em cobrir conceitos triviais com palavras elegantes e em vestir seus pensamentos muito comuns com expressões extremamente incomuns, com as locuções mais rebuscadas, preciosas e raras. Suas frases caminham constantemente sobre andas. No que se refere a esse gosto pelo bombástico e, de modo geral, pelo estilo pomposo, inchado, precioso, hiperbólico e acrobático, seu protótipo é o alferes Pistol, a quem seu amigo Fallstaff bradou uma vez, perdendo a paciência: "Diga o que tens a dizer como um homem deste mundo!"[9] Aos amantes dos exemplos, dedico a seguinte amostra: "Em breve será publicado por nossa editora: fisiologia científica teórica e prática, patologia e terapia dos fenômenos pneumáticos conhecidos sob o nome de flatulência, na qual estes são expostos sistematicamente em seus vínculos orgânicos e causais, segundo seu caráter e sua essência, bem como com todos os momentos genéticos, externos e internos, que os condicionam, na plenitude total de suas manifestações e atividades, tanto para a consciência humana comum como para a científica: uma versão livre da obra francesa *L'art de péter*, provida de notas retificadoras e de excursos explicativos."

Para a expressão *style empesé*, não há em alemão uma correspondente exata, mas a ocorrência de tal estilo é cada vez mais freqüente. Quando vinculado à preciosidade, ele representa nos livros o que a gravidade, a preciosidade e a elegância afetadas representam no trato social, de modo igualmente insuportável. A pobreza de espírito gosta de vestir-se com tal comportamento, assim como, na vida, a estupidez se veste de bom grado com a gravidade e a formalidade.

Quem escreve de maneira *afetada* assemelha-se a quem se enche de enfeites para não ser confundido e misturado com a plebe; um perigo a que o *gentleman* não corre, mesmo nos piores trajes. Portanto, assim como se reconhece o plebeu por um certo luxo no modo de vestir e pelo *tiré à quatre épingles*, reconhece-se a cabeça comum pelo estilo precioso.

Não obstante, é um empenho equivocado querer escrever da mesma maneira como se fala. Antes, todo estilo de escrita deve revelar um certo traço de parentesco com o estilo lapidar, que é o antecessor de todos eles. Desse modo, querer escrever como se fala é um desejo tão reprovável quanto o inverso, ou seja, querer falar como se escreve, o que resulta ao mesmo tempo pedante e de difícil compreensão.

Obscuridade e indistinção na expressão é, em toda parte e sempre, um sinal muito grave. Pois, de cem casos, em noventa e nove elas derivam da falta de clareza do pensamento, que por sua vez procede quase sempre de sua desproporção original, da sua inconsistência e, portanto, de sua inexatidão. Quando um pensamento correto eleva-se à mente, sua meta é alcançar a clareza, o que logo consegue: aquilo que se pensa com clareza encontra facilmente sua expressão adequada. O que um homem é capaz de pensar também pode ser expresso sempre em palavras claras, compreensíveis e inequívocas. Os que compõem discursos difíceis, obscuros, enleados e ambíguos não sabem ao certo o que querem dizer; têm somente uma consciência vaga a esse respeito, que luta primeiro por uma idéia; porém, amiúde querem também ocultar de si mesmos e dos outros que, na realidade, eles não têm nada a dizer. Como Fichte, Schelling e Hegel, querem parecer saber o que não sabem, pensar o que não pensam e dizer o que não dizem. Alguém que tenha algo correto a dizer se esforçará por exprimi-lo de maneira indistinta ou distinta? Quintiliano já dissera (*Instit. Lib. II, 3*): "Plerumque accidit ut faciliora sint ad intelligendum et lucidiora multo, quae a doctissimo quoque dicuntur... Erit ergo etiam obscurior, quo quisque deterior"[10].

Igualmente, não convém expressar-se de modo *enigmático*, mas saber se se quer dizer algo ou não. A indecisão da expressão torna os escritores alemães intragáveis. Permitem uma exceção apenas os casos em que se tem a comunicar algo de ilícito, sob um aspecto qualquer.

Como todo exagero numa atividade leva em geral ao oposto do pretendido, as palavras servem, com efeito, para tornar o pensamento compreensível, mas só até um certo ponto. Quando se acumulam além desse ponto, elas tornam cada vez mais obscuros os pensamentos a ser comunicados. Acertar esse ponto é tarefa do estilo e matéria da faculdade de julgar, pois toda palavra supérflua acaba agindo contra sua própria finalidade. Nesse sentido Voltaire disse: "L'adjectif est l'ennemi du substantif"[11]. No entanto, muito escritores tentam esconder sua pobreza de pensamentos justamente sob a abundância de palavras.

Por essa razão, deve-se evitar toda prolixidade e todo emaranhado das observações sem importância, que não valem a pena ser lidas. Deve-se tratar com parcimônia o tempo, o esforço e a paciência do leitor: desse modo, ele passará a acreditar que o que foi escrito é digno de ser lido com atenção e que seu empenho em tal leitura será recompensado. É sempre melhor suprimir algo bom do que acrescentar algo insignificante. Nesse sentido, o dito de Hesíodo, πλέον ἥμισυ παντός (*Opera et dies*, v. 40), encontra sua justa aplicação. O que é mais importante: não se deve dizer tudo! "Le secret pour être ennuyeux, c'est de tout dire."[12] Portanto, se possível, somente a quintessência, somente o principal, nada do que o leitor poder pensar po si só. Dizer muitas palavras para comunicar poucas idéias é sempre um sinal inequívoco de mediocridade; já o da cabeça eminente é encerrar muitas idéias em poucas palavras.

Nua, a verdade é belíssima, e a impressão que causa é tanto mais profunda quanto mais simples é sua expressão; em parte porque, nesse caso, ela ocupa sem dificuldades toda a alma do ouvinte, que não é distraído por nenhum pensamento secundário; em parte, porque ele sente que não foi corrompido ou iludido por nenhum artifício retórico, e que o efeito inteiro advém do assunto em si. Por exemplo, qual declamação sobre a nulidade da existência humana causará impressão mais forte do que a de Jó: "Homo, natus de muliere, brevi vivit tempore, repletus multis miseriis, qui tanquam flos, egreditur et conteritur, et fugit velut umbra."[13] É por isso que a poesia ingênua de Goethe está num nível incomparavelmente mais alto do que a poesia retórica de Schiller. Esta é também a explicação para a grande eficácia de muitas canções populares. Ora, por esse motivo, do mesmo modo como na arquitetura é desaconselhável uma sobrecarga de adereços, nas artes discursivas é preciso evitar todo adorno desnecessário, todas as amplificações inúteis e, em geral, todo excesso na expressão, ou seja, é preciso dedicar-se a um estilo *casto*. Tudo o que é prescindível resulta desvantajoso. A lei da simplicidade e da ingenuidade, uma vez que se harmonizam com o mais sublime, aplica-se a todas as belas artes.

A *ausência de espírito* assume todas as formas para se esconder: encobre-se com o estilo empolado, com o bombástico, com o tom de superioridade e de fidalguia e com centenas de outras formas; somente pela *ingenuidade* não se deixa atrair, pois, nesse caso, ficaria imediatamente despida e não poderia oferecer ao mercado nada além de uma mera simploriedade. Mesmo à boa cabeça não é permitido *ser ingênuo*, já que pareceria seca e magra. Eis a razão de a *ingenuidade* continuar a ser a veste de honra do gênio, assim como a nudez é a da beleza.

A genuína concisão da expressão consiste em dizer sempre apenas o que é digno de ser dito, evitando, em contrapartida, toda discussão prolixa sobre o que cada um pode pensar por si mesmo, e distinguindo corretamente o necessário do supérfluo. Por outro lado, não se deve nunca sacrificar à brevidade a clareza, muito menos a gramática. Debilitar a expressão de um pensamento, obscurecer ou estiolar o sentido de um período, a fim de colocar algumas palavras a menos, é uma insensatez lamentável. Mas é justamente isso que estimula a falsa concisão que se encontra em voga nos dias de hoje e que consiste em suprimir o que é útil ao objetivo e até mesmo necessário do ponto de vista gramatical e lógico. Na Alemanha, os péssimos escrevinhadores dos tempos atuais foram tomados por essa moda como por uma mania, exercendo-a com uma insensatez inacreditável. Para economizar uma palavra e matar dois coelhos de uma cajadada, utilizam um único verbo e um único adjetivo para vários e diferentes períodos ao mesmo tempo – precedentes e subseqüentes –, que temos de ler sem compreendê-los e como que tateando no escuro, até aparecer finalmente a palavra conclusiva que ilumina nossa dúvida, e, além de tudo isso, ainda tentam, por meio de diversas outras formas inconvenientes de economizar palavras, obter o que sua mente limitada entende por brevidade na expressão e concisão na escrita. Desse modo, ao omitirem por economia uma palavra, que de uma só vez teria lançado luz sobre um período, eles acabam por transformá-lo num enigma a ser esclarecido por meio de repetidas leituras. Em especial, as partículas *wenn* [se, quando] e *so* [então] são proscritas em seus textos, devendo ser substituídas sempre pela anteposição do verbo, sem a discriminação necessária – decerto demasiado sutil para as cabeças da sua espécie – de quando essa inversão é adequada ou não; como resultado, tem-se freqüentemente não só a austeridade e a afetação sem gosto, mas também a ininteligibilidade. De gênero semelhante é um disparate, hoje bem-aceito por todos, que resulta evidente pelo exemplo seguinte: para dizer "Käme er zu mir, so würde ich ihm sagen" [viesse ele até mim, eu lhe diria] etc., nove décimos dos rabiscadores hodiernos escrevem: "Würde er zur mir kommen, ich sagte ihm" [viria ele até mim, eu lhe diria] etc., o que não só é inábil, mas errado, pois, na verdade, apenas um período interrogativo pode começar com *würde*, e uma frase hipotética deve estar, no máximo, no presente, não no futuro. Mas seu talento para a concisão do discurso não vai além da contagem de palavras e da invenção de truques para eliminar, a todo custo, qualquer sílaba ou até mesmo uma única.

Não sabem buscar a concisão do estilo e o vigor da exposição de outro modo. Por conseguinte, é cortada toda sílaba cujo valor lógico, gramatical ou eufônico escapa à sua estupidez; e basta que um asno tenha realizado esse feito heróico para que centenas de outros o sigam, imitando-o com júbilo. E não há oposição de ninguém! Nenhuma oposição contra a imbecilidade; antes, se alguém comete uma grande asneira, os outros a admiram e se apressam a copiá-la. Conseqüentemente, nos anos de 1840, esses rabiscadores ignorantes baniram totalmente da língua alemã o perfeito e o mais-que-perfeito, substituindo-os sempre, por amor da brevidade, pelo imperfeito, de sorte que este acabou sendo o único pretérito da língua, à custa não só de toda exatidão mais elegante ou apenas de toda gramaticalidade da frase; não, muitas vezes à custa de qualquer senso comum, já que dele deriva o puro disparate. Portanto, de todas as mutilações da língua, esta é a mais *ignóbil*, pois ataca a lógica e o sentido do discurso. É uma *infâmia* lingüística*. Aposto que, dos livros publicados nos últimos dez anos, há aqueles em que não ocorre um único mais-que-perfeito e talvez nem mesmo um perfeito. Pensam esses senhores realmente que o imperfeito e o perfeito possuem o mesmo significado e que, portanto, podem ser usados *promiscue* um pelo outro? Se acham isso, é preciso arranjar-lhes um lugar no terceiro ano ginasial. O que teria sido dos antigos autores se tivessem escrito com tal desleixo? Quase sem exceção, esse crime contra a língua é praticado em todos os

---

* De todas as infâmias perpetradas atualmente contra a língua alemã, a eliminação do perfeito e sua substituição pelo imperfeito é a mais funesta, pois atinge diretamente a lógica do discurso, destrói o seu sentido, suprime distinções fundamentais e faz com que se diga algo diferente do intencionado. No alemão, só é permitido colocar o imperfeito e o perfeito onde seriam colocados no latim, já que, em ambas as línguas, o princípio diretivo é o mesmo: distinguir a ação imperfeita ainda em duração, da perfeita, que já reside inteiramente no passado.

jornais e em boa parte das revistas eruditas*, uma vez que, como já mencionado, toda estupidez na literatura e toda descortesia na vida encontra na Alemanha bandos de imitadores, e ninguém se atreve a andar pelas próprias pernas, justamente pelo fato de que – não posso esconder – a capacidade de julgar não se encontra em casa, mas em visita aos vizinhos. Mediante a referida extirpação daqueles dois importantes tempos, uma língua desce praticamente ao nível da mais rude de todas. Empregar o imperfeito no lugar do perfeito é um pecado não só contra a gramática da língua alemã, mas também contra a

---

* Nos *Göttinger Anzeigen* [Anúncios de Göttingen], que se autodenominam *eruditos*, cheguei a encontrar (em fevereiro de 1856), em vez do mais-que-perfeito do conjuntivo, absolutamente necessário para dar um sentido à frase, o imperfeito simples, por amor da brevidade. A frase era: "er schien" [ele aparecia], em vez de "er würde geschienen haben" [(se) ele tivesse aparecido]. Não pude deixar de exclamar: "Velhaco miserável!"

gramática universal de todas as línguas. Por isso, haveria necessidade de instituir uma escolinha de língua para os escritores alemães, na qual fosse ensinada a diferença entre o imperfeito, o perfeito e o mais-que-prefeito; em seguida, também a diferença entre genitivo e ablativo, já que, de maneira cada vez mais generalizada, este é posto no lugar daquele, e se escreve com toda naturalidade, por exemplo, "das Leben von Leibniz" [a vida de Leibniz] e "der Tod von Andreas Hofer" [a morte de Andreas Hofer], em vez de "Leibnizens Leben" e "Hofers Tod". Como seria recebido em outras línguas tal descuido? O que diriam os italianos, por exemplo, se um escritor trocasse *di* e *da* (isto é, genitivo e ablativo)?! Porém, como no francês essas partículas são representadas pelo *de* surdo, e o conhecimento de letras modernas dos escrevinhadores alemães não costuma ir muito além do francês, eles se crêem autorizados a estabelecer essa pobreza do francês na língua alemã e, como é habitual nas tolices, encontram consenso e imitação*. Pela mesma e respeitável razão, já que no francês a preposição *pour* [para], devido à sua pobreza, tem de desempenhar a função de quatro ou cinco preposições alemãs, nossos rabiscadores insensatos utilizam sempre *für* [para, por] onde deveriam constar *gegen, um, auf,* ou outra preposição, ou até mesmo nenhuma, só para macaquear o *pour* francês; e isso chegou a tal ponto que, de seis casos, em cinco a preposição *für* é mal empregada**. Usar *von* em vez de *aus* tam-

---

* O *ablativo* com *von* [de] tornou-se formalmente sinônimo de *genitivo*: cada um julga poder escolher o que bem quiser. Aos poucos, tal ablativo tomará o lugar do genitivo, e passar-se-á a escrever como um franco-germano. Ora, isso é vergonhoso: a gramática perdeu toda autoridade e foi substituída pelo arbítrio dos escrevinhadores. Sabei de uma vez por todas, meus queridos: o genitivo é expresso em alemão pelo *des* e pelo *der*, enquanto o *von* caracteriza o ablativo; se é que quereis escrever em alemão e não o jargão franco-germano.

** Em breve, *für* passará a ser a única preposição em alemão: o abuso que se exerce com ela é limitado. "Liebe *für*

bém é um galicismo. Frases como: "Diese Menschen, sie haben keine Urtheilskraft" [essas pessoas, elas não têm capacidade de julgar], em vez

Andere" [amor por outros], em vez de *zu* [a]. "Beleg *für* x" [comprovante para x], em vez de *zu*. "Wird *für* die Reparatur der Mauern gebraucht" [será usado para o conserto dos muros], em vez de *zur*. "Professor *für* Physik" [professor para física], em vez de *der* [de]. "Ist *für* die Untersuchung erforderlich" [é indispensável para a pesquisa], em vez de *zur*. "Die Jury hat ihn *für* schuldig erkannt" [o júri considerou-o culpado]: *abundat*. "*Für* den 12ten dieses erwartet man den Herzog" [para o dia 12 deste mês, aguarda-se o duque], em vez de *am* ou *zum* [aos 12 dias deste mês...]. "Beiträge *für* Geologie" [contribuições para a geologia], em vez de *zur*. "Rücksicht *für* Jemanden" [consideração por alguém], em vez de *gegen* [para com]. "Reif *für* etwas" [maduro para algo], em vez de *zu*. "Er braucht es *für* seine Arbeit" [ele precisa disso para o seu trabalho], em vez de *zu*. "Die Steuerlast *für* unerträglich finden" [considerar os impostos insuportáveis], "Grund *für* etwas" [razão para algo], em vez de *zu*. "Liebe *für* Musik" [amor pela música], em vez de *zur*. "Dasjenige, was

de: "Diese Menschen haben keine Urtheilskraft" [essas pessoas não têm capacidade de julgar], e, de modo geral, a introdução da mísera gramáti-

früher *für* nöthig erschienen, jetzt..." [aquilo que antes parecia necessário, agora...] (*Postzeitung*). A expressão "*für* nöthig finden, erachten" [achar, julgar necessário] encontra-se talvez sem exceção em todos os livros e jornais dos últimos dez anos, mas trata-se de um erro grave que, nos meus tempos de juventude, nenhum aluno dos últimos anos do ginásio ousaria cometer, uma vez que a expressão correta em alemão é "nöthig erachten" – em contrapartida, "*für* nöthig halten" [considerar necessário]. Se um desses escrevinhadores precisa de uma preposição, não pensa duas vezes e logo emprega *für*, independentemente do que esta possa indicar. Essa preposição tem de substituir e representar todas as demais. "Gesuch *für* die Gestattung" [requerimento para a autorização], em vez de *um*. "*Für* die Dauer" [a longo prazo], em vez de *auf*. "*Für* den Fall" [para o caso], em vez de *auf*. "Gleichgültig *für*" [insensível para], em vez de *gegen* [a]. "Mitleid *für* mich" [compaixão por mim], em vez de *mit* [com] (na resposta a uma crítica!). Rechenschaft *für* eine

ca de um *patois* recobrado, que é o francês, na tão mais nobre língua alemã constituem *galicismos perniciosos*; mas não a introdução de palavras

Sache geben" [prestar contas por alguma coisa], em vez de *von* [de]. "*Dafür* befähigt" [capacitado para], em vez de *dazu.* "*Für* den Fall des Todes des Herzogs muss sein Bruder auf den Thron kommen" [para o caso de o duque morrer, seu irmão tem de subir ao trono], em vez de *im* [no]. "*Für* Lord R. wird ein neuer Englischer Gesandter ernannt werden" [um novo embaixador inglês será nomeado para Lord R.], em vez de *an Stelle* [no lugar de]. "Schlüssel *für* das Verständniss" [chave para a compreensão], em vez de *zum.* "Die Gründe *für* diesen Schritt" [as razões para esse passo], em vez de *zu.* "Ist eine Beleidigung *für den Kaiser*" [é um insulto pelo imperador], em vez de *des Kaisers* [ao imperador]. "Der König von Korea will an Frankreich ein Grundstück *für* eine Niederlassung abtreten" [O rei da Coréia quer ceder à França um terreno por uma colônia] (*Postzeitung*) significa em alemão que a França dá ao rei uma colônia *em troca de* um pedaço de terra. "Er reist *für* sein Vergnügen" [ele viaja por prazer], em vez de *zum.* "Er fand es *für* zweckmässig" [ele

estrangeiras especiais, como presumem certos puristas limitados: estas são assimiladas e enriquecem a língua. Quase a metade das palavras alemãs

julga por conveniente] (*Postzeitung*). "Beweis *für*" [demonstração para], em vez de "Beweis *der* Sache" [demonstração do assunto]. "Ist nicht ohne Einfluss *für* die Dauer des Lebens" [não deixa de ter influência para a duração da vida], em vez de *auf* [em/sobre] (prof. Suckow, de Jena). "*Für* einige Zeit verreist" [viajou por algum tempo]! (*Für* significa *pro* e deve ser empregado somente nas mesmas circunstâncias em que este último pode ser usado em latim). "Indignation *für* die Grausamkeiten" [indignação pelas crueldades] (*Postzeitung*), em vez de *gegen* [contra]. "Abneigung *für*" [aversão por], em vez de *gegen* [a]. "*Für* schuldig erkennen" ou "erklären" [considerar ou declarar culpado]: *ubi abundat*. "Das Motiv *dafür*" [o motivo para isso], em vez de *dazu*. "Verwendung *für* diesen Zweck" [utilização para esse fim], em vez de *zu*. "Unempfindlichkeit *für* Eindrücke" [insensibilidade para os fatos impressionantes], em vez de *gegen* [a/ante]. Título: "Beiträge *für* die Kunde des Indischen Alterthums" [contribuições para o conhecimento da Antiguidade hindu], em

deriva do latim, embora permaneça a dúvida de quais foram realmente recebidas dos romanos e quais simplesmente da mãe comum, o sânscri-

vez de *zur*. "Die Verdienste unsers Königs *für* Landwirtschaft, Handel und Gewerbe" [os méritos de nosso rei pela agricultura, pelo comércio e pelos ofícios] (*Postzeitung*), em vez de *um* [em]. "Ein Heilmittel *für* ein Übel" [um remédio para um mal], em vez de *gegen* [contra]. "Neues Werk: das Manuskript *dafür* ist fertig" [Nova obra: o manuscrito para ela está pronto], em vez de *dazu*. "Schritt *für* Schritt" [passo por passo], em vez de *vor*[a], é escrito por todos: um absurdo! "Freundschaftliche Gesinnung *für*" [atitude amistosa para], em vez de *gegen* [para com]. Até mesmo "Freundschaft *für* Jemand" [amizade por alguém] está errado: deve-se dizer *gegen*. Esta preposição significa em alemão tanto *adversus* quanto *contra*. "Unempflindlichkeit *für* den Schmerzensruf" [insensibilidade para o grito de dor], em vez de *gegen* [a/ante]. "Er wurde *für* todt gesagt" [ele foi dado por morto]!, "*für* würdig erachten" [considerado digno]: *ubi abundat*. "Eine Maske erkannte er *für* den Kaiser" [ele identificou um embusteiro pelo imperador], em vez de *als* [como]. "*Für* einen Zweck

to. A proposta de escola de língua poderia também promover temas em troca de prêmios; por exemplo, esclarecer a diferença entre as duas "Sind Sie gestern im Theater gewesen?" [O senhor esteve no teatro ontem?] e "Waren Sie gestern im Theater?" [O senhor estava no teatro ontem?].

bestimmt" [determinado para um fim], em vez de *zu*. "Dafür ist es jetzt noch nicht an der Zeit" [ainda não está na hora para isso], em vez de *dazu*. "Sie erleiden eine *für* die jetzige Kälte sehr harte Behandlung" [Eles sofrem um tratamento muito severo pelo frio que tem feito], em vez de *bei* [com]. "Rücksicht *für* Ihre Gesundheit" [consideração pela sua saúde], em vez de *auf* [a]. "Rücksicht *für* Sie" [consideração pelo senhor/pela senhora], em vez de *gegen* [para com]. "Erforderniss *für* den Aufschwung" [condição para o desenvolvimento], em vez de *zu*. "Neigung und Beruf *für* Komödie" [inclinação e vocação para a comédia], em vez de *zur*. As duas últimas frases foram escritas por um famoso germanista (J. Grimm, *Rede über Schiller*, conforme o excerto publicado nos "Litterarische Blätter", em janeiro de 1860).

Outro exemplo de concisão equívoca é oferecido ainda pelo uso errado da palavra *nur* [apenas, somente], que se tornou pouco a pouco universal. Como se sabe, seu significado é claramente restritivo: significa "nicht *mehr* als" [não *mais* que]. Mas não sei qual caturra começou a usá-la no sentido de "nicht *anders* als" [não *diversamente* de], que exprime uma noção totalmente diferente: mas, por causa da economia lucrativa de palavras, o erro encontrou de imediato a imitação mais zelosa, de sorte que agora o uso errado da palavra é de longe o mais freqüente, embora muitas vezes se diga por meio dela o oposto do que pretendia o escritor. Por exemplo: "Ich kann es nur loben" [posso *apenas* louvá-lo], portanto, não recompensá-lo ou imitá-lo; "ich kann es nur missbilligen" [posso *apenas* desaprová-lo], ou seja, não posso puni-lo. Outro erro típico é o uso adverbial, hoje muito comum, de adjetivos como "ähnlich" [semelhante] e "einfach" [simples] que, embora presentes em alguns exemplos antigos, soam-me sempre muito mal. Com efeito, em nenhuma língua é permitido usar sem mais os adjetivos como advérbios. O que se diria se um autor grego escrevesse: ὅμοιος em vez de ὁμοίως, ἁπλοῦς em vez de ἁπλῶς, ou se em outras línguas alguém escrevesse:

similis	em vez de	*similiter,*
pareil	"	*pareillement,*
like	"	*likely,*
somigliante	"	*somigliantemente,*
simplex	"	*simpliciter,*
simple	"	*simplement,*
simple	"	*simply,*
semplice	"	*semplicemente.*

Só o alemão não faz cerimônia e trata a língua segundo seu capricho, sua miopia e sua ignorância – em correspondência com sua fisionomia nacional tão inteligente.

Isso tudo não são miudezas: é a mutilação da gramática e do espírito da língua por rabiscadores indignos, *nemine dissentiente*. Antes, os chamados *doutos* (homens de ciência!) emulam com os literatos dos jornais e das revistas: é uma competição entre a estupidez e a falta de ouvidos. A língua alemã foi completamente posta em desordem: todos deitam-lhe a mão, qualquer velhaco rabiscador lança-se sobre ela.

Até onde for possível, deve-se sempre distinguir o adjetivo do advérbio; assim, por exemplo, não se deve escrever *sicher* [seguro] quando se pensa em *sicherlich* [seguramente]*. Em geral, não se deve nunca, em nenhum caso, fazer à *brevidade* o menor sacrifício que seja à custa da *certeza* e da precisão da expressão: é a possibilidade desta que confere a uma língua o seu valor, uma vez que

---

* *Sicher* em vez de *gewiss* [certo]: trata-se de um adjetivo, cujo advérbio correspondente é *sicherlich*. Não pode ser usado *adverbialiter* no lugar de *gewiss*, como acontece hoje de modo geral, sem qualquer fundamento.

Apenas os alemães e os hotentotes se permitem coisas do gênero: escrevem *sicher* em vez de *sicherlich* e também no lugar de *gewiss*.

somente graças a ela se consegue expressar, com exatidão e sem ambigüidades, toda nuança, toda modulação de um pensamento, ou seja, apresentá-lo como se estivesse revestido de uma roupagem úmida, e não de um saio, e é nisso que consiste precisamente o estilo belo, vigoroso e pregnante que faz o clássico. E justamente a possibilidade dessa *certeza* e dessa precisão da expressão vê-se de todo perdida devido ao *esmiuçamento* da língua por meio da amputação de prefixos, afixos, bem como das sílabas que distinguem o advérbio do adjetivo, por meio da supressão do auxiliar, do uso do imperfeito no lugar do perfeito etc., etc., como uma monomania alastrante, que atualmente se apoderou de todas as penas alemãs e com uma sandice que jamais se generalizaria na Inglaterra, na França e na Itália, exercida à porfia por todos, por todos, sem qualquer oposição. Esse esmiuçamento da língua é como se alguém retalhasse um tecido valioso para poder embrulhá-lo de maneira mais compacta: desse modo, a língua é transformada num jargão mísero e quase incompreensível, e em breve será este o destino da língua alemã.

Mas aquela falsa aspiração à brevidade se mostra de modo mais impressionante na mutilação de cada palavra. Fazedores de livros que prestam serviço como diaristas, literatos terrivelmente ignorantes e jornalistas mercenários reduzem as palavras alemãs por todos os lados, como os trapaceiros fazem com as moedas; e tudo isso só para chegar à querida concisão – tal como *eles* a entendem. Nessa aspiração, eles se assemelham aos palradores desenfreados que, para taramelear sobre muitos assuntos num curto espaço de tempo e de um só fôlego, engolem letras e sílabas e, tão logo conseguem respirar, desatam a falar arquejantes suas frases, pronunciando as palavras apenas pela metade. Da mesma maneira, para colocar muita coisa em pouco espaço, suprimem letras do meio das palavras e sílabas inteiras do começo e do fim. Antes de mais nada, são arrancadas todas as vogais duplas e o "h" da prolongação, que servem para a prosódia, a pronúncia e a eufonia, mas em seguida é retirado tudo o que de alguma maneira é removível. Essa fúria destrutiva e vândala dos nossos roedores da palavras voltou-se principalmente às terminações *-ung* e *-keit*, unicamente porque eles não entendem nem sentem o seu significado, e, em sua cachola pequena, estão bem longe de perceber o fino tato com que nossos antepassados empregaram aquela modulação silábica ao formarem institivamente a linguagem, distinguindo por meio de *-ung*, em regra, o subjetivo, a ação, do objetivo, do objeto da ação, e expressando de modo geral por meio de *-keit* o elemento duradouro, a qualidade permanente; por exemplo, em *Tödtung* [assassinato], *Zeugung* [procriação], *Befolgung* [cumprimento], *Ausmessung* [medição] etc., e em *Freigebigkeit* [generosidade], *Gutmüthigkeit* [bondade], *Freimüthigkeit* [sinceridade], *Unmöglichkeit* [impossibilidade], *Dauerhaftigkeit* [durabilidade] etc. Basta considerar, por exemplo, as palavras *Entschliessung* [resolução], *Entschluss* [decisão] e *Entschlossenheit* [determinação]. Entretanto, por serem demasiado obtusos para reconhecê-lo, nossos rudes aperfeiçoadores "contemporâneos" da língua escrevem, por exemplo, *Freimuth*; então eles deveriam escrever também *Gutmuth** e *Freigabe* [libertação], bem como *Ausfuhr* [exportação] no lugar de *Ausführung* [execução], *Durchfuhr* [trânsito] em vez de *Durchführung* [realização]. Com razão, diz-se *Beweis* [prova], e não *Nachweis* [atestado], como nossos imbecis obtusos aprimoraram, mas sim *Nachweisung* [demonstração], visto que a *prova* é algo objetivo (prova matemática, prova fática, prova incontestável etc.); ao contrário, a *demonstração* é algo subjetivo, isto é, algo que parte do sujeito, a ação de demonstrar. Correntemente, eles escrevem *Vorlage* onde tal palavra não cabe em seu sentido real, ou seja, de documento a ser apresentado [das vorzulegende Dokument], mas refere-se à ação de apresentar, ou seja, à *Vorlegung* [apresentação], e a diferença é análoga à que ocorre entre *Beilage* [anexo] e *Beilegung* [atribuição], *Grundlage* [fundamento] e *Grundlegung* [fundação], *Einlage* [inserto] e *Einlegung* [inserção], *Versuch* [tentativa, ensaio] e *Versuchung* [tentação],

* Palavra inexistente. (N. do T.)

Eingabe [petição] e *Eingebung* [inspiração]*, e centenas de palavras parecidas. Porém, quando até mesmo as autoridades judiciárias sancionam a dilapidação da língua, escrevendo não somente *Vorlage* em vez de *Vorlegung*, mas também *Vollzug* em vez de *Vollziehung***, e decretando o comparecimento *in Selbstperson*, isto é, na própria pessoa, não numa alheia***, não podemos nos admirar ao ver-

* *Zurückgabe* [devolução] em vez de *Zurückgebung* [ação de devolver], bem como *Hingebung* [dedicação], *Vergebung* [absolvição], *Vollzug* [efeito de executar] em vez de *Vollziehung* [ação de executar]. *Gabe* é a coisa dada, o ato é *Gebung*. Estas são as sutilezas da língua.

** Na frase "ein Vergleich zwischen den Niederlanden und Deutschland" (Heidelberger Jahrbücher), entende-se um confronto (Vergleichung) entre os Países Baixos e a Alemanha, e não um acordo.

*** As autoridades judiciárias escrevem *Ladung* [carregamento, carga, citação] em vez de *Vorladung* [convocação, intimação]: porém, *Ladung* é algo que diz respeito a navios, e fuzis, assim como *Einladung* [convite] é algo que se faz às pes-

mos um jornalista relatar "Einzug einer Pension" [recebimento de uma pensão], quando na verdade se refere ao ato de cobrá-la (*Einziehung*), que, conseqüentemente, não tardará em se efetivar numa cobrança (*Einzug*). Pois, com certeza, ele perdeu aquela sabedoria da língua, que fala de extração (*Ziehung*) de uma loteria, mas de marcha (*Zug*) de um exército. Mas o que se pode esperar de tal gazeteiro, se até os eruditos Heidelberger Jahrbücher [Anais de Heidelberg] (nº 24, 1850) falam de "Einzug seiner Güter" [confisco de seus bens]? Em último caso, estes poderiam se desculpar aduzindo que somente um profes-

soas antes de um banquete, e *Vorladung*, a convocação feita pelos tribunais. Essas autoridades deveriam sempre lembrar que têm a responsabilidade de julgar os bens e a vida das pessoas, portanto, seu julgamento não deve ser comprometido inutilmente. Na Inglaterra e na França, age-se com mais inteligência nesse âmbito e ainda se conserva o antigo estilo de chancelaria. Por isso, quase todo decreto começa com *whereas* ou *pursuant to*.

sor de filosofia escreve assim. Fico admirado por não ter encontrado ainda *Absatz* [parágrafo] em vez de *Absetzung* [deposição], *Ausfuhr* [exportação] em vez de *Ausführung* [execução], *Empfang* [recepção] em vez de *Empfängniss* [concepção], ou, no lugar de "die Abtretung dieses Hauses" [a cessão desta casa], "der Abtritt dieses Hauses" [a latrina desta casa][14], o que seria tão coerente como digno desses aperfeiçoadores da língua e poderia provocar equívocos engraçados*. Por outro

---

* *Ersatz* [substituto], em vez de *Ersetzung* [substituição], *Hingabe* [dedicação], em vez de *Hingebung* [ato de se dedicar]; se é assim, então eles deveriam escrever também [a inexistente] *Ergabe* no lugar de *Ergebung* [rendição]. Em vez de *sorgfältig* [meticuloso], alguém escreve *sorglich* [cuidadoso], mas a palavra não deriva de *Sorge* [cuidado, preocupação], e sim de *Sorgfalt* [precisão, meticulosidade]. Jacob Grimm escreve *Einstimmungen* [unissonâncias] em vez de *Übereinstimmungen* [concordâncias], em sua pequena obra *Über die Namen des Donners*, de 1855 (segundo uma passagem citada no *Centralblatt*), identificando assim dois conceitos *completamen-*

lado, encontrei de fato e mais de uma vez, num jornal muito lido, *Unterbruch* [quebradura] em vez de *Unterbrechung* [interrupção], o que nos faz pensar que o autor quisesse se referir à hérnia comum, em oposição à hérnia inguinal (*Leisten-*

te distintos! Que alemão terrível é o dos Grimm no *Armer Heinrich*! (São asnos sem orelhas – *horribile dictu*![15]) Como posso nutrir respeito por tal germanista, mesmo se o louvor que há trinta anos lhe é incessantemente dispensado o tivesse infundido em mim? Lede, vede qual língua Winckelmann, Lessing, Klopstock, Wieland, Goethe, Bürger e Schiller falaram, e emulai-a, mas não fazei o mesmo com o jargão estupidamente excogitado pelos miseráveis literatos atuais e, entre eles, pelos professores que vão à escola de língua. Num semanário muito lido (o *Kladderadatsch*), encontrei *schadlos* [indene] em vez de *unschädlich* [inócuo]! O escrevinhador havia contado as letras e, na alegria de economizar, não percebeu que aquilo era exatamente o contrário do que queria dizer, o passivo no lugar do ativo. Em todos os tempos e em toda parte, a deterioração da língua foi a companheira constante e o sintoma infalível da decadência da literatura, e isso vale também para o presente.

bruch)*. E, no entanto, justamente os jornais são os que menos têm motivo para reduzir as palavras, já que, quanto mais longas elas são, mais

* *Verband* [ligadura] (que só se aplica em sentido cirúrgico) no lugar de *Verbindung* [ligação]. [A incomum] *Dichtheit*, em vez de *Dichtigkeit* [densidade]. *Mitleid* [compaixão], em vez de *Mitleidenschaft* [da expressão *in Mitleidenschaft ziehen*, afetar], *über* [a mais] em vez de *übrig* [restante], *ich bin gestanden* [eu sou confessado] em vez de *ich habe gestanden* [confessei], *mir erübrigt* [tenho a mais] em vez de *bleibt übrig* [resta-me], *nieder* [baixo, inferior] em vez de *niedrig* [humilde], *Abschlag* [desconto] em vez de *abschlägige Antwort* [resposta negativa] (Benfey, nos *Göttingische Gelehrte Anzeigen*). "Die Frage ist *von*" [a questão é de] em vez de *nach* [sobre]. E, na Alemanha, basta que alguém deixe escapar uma única vez uma tolice desse gênero para que logo cem imbecis se precipitem sobre ela, como se fosse uma descoberta, a fim de adotá-la; em vez disso, se tivessem algum juízo, deveriam colocá-la na berlinda. A *infame avareza de sílabas* ameaça deteriorar a língua. Num jornal, encontrei um monstruoso *behoben* [removido] em vez de *aufgehoben* [anulado]! Enquanto puderem lucrar uma sílaba, não recuam diante de nenhum absurdo.

preenchem as colunas, e se isso acontecer por obra de algumas sílabas inocentes a mais, em compensação elas enviarão ao mundo algumas mentiras a menos. Porém, meu dever neste momento é fazer com que se atente com muita seriedade para o fato de que nove décimos dos homens lidos em geral não lêem nada além de jornais, por conseguinte, formam sua ortografia, sua gramática e seu estilo quase inevitavelmente segundo estes e, em sua simploriedade, conservam até mesmo as mutilações da língua, cometidas em favor da brevidade da expressão, da leveza elegante e do aprimoramento sagaz da língua, e o jornal, por ser impresso, chega a valer como uma autoridade, sobretudo para os jovens de classes incultas. Por isso, com toda seriedade, o Estado deveria cuidar para que os jornais fossem totalmente irrepreensíveis do ponto de vista lingüístico. Para esse fim, poderia ser instituído um censor das obras já impressas; em vez de receber um salário, esse censor deveria cobrar daqueles que escrevem para os jornais um luís de ouro como espórtula a cada palavra mutilada ou não encontrada nos bons autores, bem como por todo erro gramatical, mesmo se apenas sintático, por toda preposição usada em relação incorreta ou em sentido errado; porém, pelo escárnio insolente a toda gramática, quando, por exemplo, um desses escrevinhadores escreve [o inexistente] *hinsichts* em vez de *hinsichtlich* [com respeito a], deveria exigir três luíses de ouro e, em caso de reincidência, o dobro. As cabeças comuns devem permanecer nos trilhos já estabelecidos, e não começar a corrigir a língua. Ou será que a língua alemã perdeu seus direitos como algo insignificante que não merece a proteção das leis, da qual goza, no entanto, qualquer estrumeira? Filisteus miseráveis! O que será da língua alemã, santo Deus, se rabiscadores e escrevinhadores de jornal ficarem com o poder discricionário de dispor dela segundo os critérios de seu capricho e de sua insensatez? De resto, porém, o abuso em questão não se limita de forma alguma aos jornais: antes, ele se encontra em toda parte e é praticado em livros e revistas científicas com o mesmo zelo e com um pouco mais de reflexão. Em tais obras, encontramos prefixos e afixos impiedosamente suprimidos, quando, por exemplo, *Hingabe* [dedicação] é trocado por *Hingebung** [ato de se dedicar] [o inexistente], *Missverstand* por *Missverständniss* [mal-entendido], *wandeln* [caminhar; transformar] por *verwandeln* [transformar], *Lauf* [curso] por *Verlauf* [decurso], *meiden* [desviar] por *vermeiden* [evitar], *rathschlagen* [deliberar] por *berathschlagen* [aconselhar], *Schlüsse* [conclusões] por *Beschlüsse* [resoluções], *Führung* [conduta] por *Aufführung* [comportamento], *Vergleich* [acordo] por *Vergleichung* [confronto], *Zehrung* [alimento] por *Auszehrung* [consumpção], e centenas de outros disparates dessa espécie, alguns ainda piores**. Até mesmo em obras muito eruditas encon-

---

* Pode-se dizer: "Die *Ausgebung* der neuen *Ausgabe* wird erst über acht Tage stattfinden" [A publicação da nova edição será realizada somente após oito dias].

** *Sachverhalt* em vez de *Sachverhältniss* [circunstância]. *Verhalt* não é absolutamente uma palavra: existe apenas *Verhaltung* [retenção], a da urina, que é o que se pensa com *Verhalt*

tramos exemplos em que tal moda é endossada: na *Chronologie der Ägypter*, de Lepsius (1849), diz-se à página 545: "Manethos *fügte* seinem Geschichts-

Ansprache [alocução] é sempre empregada no lugar de *Anrede* [fórmula para se dirigir a alguém]; mas *ansprechen* é *precisely* "adire", em vez de "alloqui". No lugar de *Unbild* [injustiça], *Unbill*, que não é absolutamente uma palavra, já que não existe *Bill*: mas eles pensam em *billig* [justo]! Isso me faz lembrar de alguém que, quando eu era jovem, escreveu *ungeschlachtet* em vez de *ungeschlacht*[16]. Não vejo ninguém se opor a essa sistemática dilapidação e mutilação da língua por parte da plebe literária. Certamente temos germanistas que exuberam de patriotismo e alemanidade, mas nem estes vejo escrever corretamente e abster-se dos embelezamentos aqui criticados e que partem da plebe. Em vez de *beständig* [constante], *ständig* [permanente]! Como se *Stand* [situação, posição] e *Bestand* [duração, existência] fossem a mesma coisa. Por que já não reduzir então a língua inteira a uma só palavra? Em vez de *umgeworfenen Bäume* [árvores derrubadas], *geworfene Bäume* [árvores lançadas]; *Längsschnitt* [corte longitudinal] no lugar de *Längsfaser* [fibra longitudinal]; em vez

werke (...) eine Übersicht (...), nach Art ägyptischer Annalen, *zu*" [Manethos infligiu à sua obra histórica (...) uma sinopse (...), segundo o gêne-

de *vorhergängige Bestätigung* [confirmação prévia], *vorgängige Bestätigung* [confirmação precedente]. No lugar de *abgeblichen* [esmaecido], *geblichen* [empalidecido], mas o que perde a cor sem nossa intenção esmaece: *intransitive*; quando há intenção, empalidece: *verbum activum*. Essa é a riqueza da língua que eles jogam fora. *Billig* [barato] em vez de *wohlfeil* [em conta]; vindo de merceeiros, esse plebeísmo tornou-se geral. *Zeichnen* [desenhar] no lugar de *unterzeichnen* [assinar]; *vorragen* em vez de *hervorragen* [sobressair]. Por toda parte eles cortam as sílabas, sem saber qual é o seu valor. E quem são esses corretores da língua dos nossos clássicos? Uma geração miserável, incapaz de obras genuínas próprias, cujos pais viveram unicamente graças à vacina antivariólica, sem a qual teriam sido logo varridos pela varíola natural, que liquidava todos os fracos e, portanto, mantinha vigorosa a espécie. Agora já vemos as conseqüências desse ato de graça nos homenzinhos barbudos que pululam cada vez mais. E valem intelectualmente o mesmo que valem fisicamente. Em vez

ro dos anais egípcios], ou seja, "zufügen", *infligere*, por "hinzufügen", *addere* – e tudo isso para economizar uma sílaba. Em 1837, o mesmo se-

de *beinahe* [quase], encontrei *nahebei* [perto], e no lugar de *Hintergrund des Theaters* [pano de fundo do teatro], *Untergrund* [subsolo]. Ou seja, não existe atrevimento na mutilação da língua que nossa ralé literária não se permita. "Die Aufgabe des Kopernikanismus" [a tarefa do copernicanismo], escreveu um, referindo-se não ao problema, ou ao plano de estudo, mas ao abandono (*Aufgebung*)! Igualmente, no *Postzeitung* de 1858: "Die Aufgabe dieses Unternehmens" [a tarefa dessa empresa] em vez de *Aufgebung*. Outro fala da diminuição (*Abnahme*) de um quadro pendurado, quando entende sua remoção (*Abnehmung*): *Abnahme* significa *imminutio*. Se escreverdes *Nachweis* [prova] em vez de *Nachweisung* [comprovação], então, por coerência tereis de escrever *Verweis* em vez de *Verweisung*[17] – o que poderia vir a propósito de muitos delinqüentes em sua condenação. Em vez de *Verfälschung* [adulteração], *Fälschung*, que em alemão significa exclusivamente *falsum*, *forgery*! *Erübrigt* [amealha] no lugar de *bleibt übrig* [sobra]. Fazer de duas palavras uma única significa

nhor Lepsius intitula um ensaio da seguinte forma. "Über den Ursprung und die Verwandtschaft der *Zahlwörter* in der Indogermanischen, Semitischen und Koptischen Sprache" [Sobre a origem e a identidade dos (adjetivos) numerais nas línguas indo-germânicas, semíticas e cópticas]. No entanto, é preciso dizer *Zahlenwörter*, pois tal palavra deriva de *Zahlen* [números], do mesmo modo como *Zahlensysteme* [sistemas aritméticos], *Zahlenverhältniss* [proporção numérica], *Zahlenordnung* [ordem numérica] e assim por diante, e

espoliar da língua um conceito. Em vez de *Verbesserung* [aperfeiçoamento], eles escrevem *Besserung* [melhora] e roubam da língua um conceito. Uma coisa pode ser boa, mas ainda ser suscetível de aperfeiçoamento! Em contrapartida, espera-se uma melhora de um doente ou de um pecador. *Von* [de, relação atributiva] no lugar de *aus* [de, no sentido de procedência, matéria]; *Schmied* em vez de *Schmidt*, cuja única correção é comprovada pelo nome de cem mil famílias. Mas um *pedante ignorante* é o que há de mais insuportável no mundo.

não do verbo *zahlen* [pagar] (de onde se forma *bezahlen* [pagar]), como as palavras *Zahltag* [dia de pagamento], *zahlbar* [pagável], *Zahlmeister* [tesoureiro] etc. Antes de estudar as línguas semítica e cóptica, esses senhores deveriam aprender a entender a alemã como se deve. Em contrapartida, com esse *modo deselegante* de cortar sempre as sílabas, todos os escritores ruins *mutilam* hoje em dia a língua alemã, que mais tarde não poderá ser restaurada. Sendo assim, esses aperfeiçoadores da língua têm de ser castigados, sem distinção de pessoa, como estudantes. Que toda pessoa bem-intencionada e inteligente tome partido comigo pela língua alemã e contra a estupidez alemã. Como seria recebido na Inglaterra, na França e na Itália, que é invejável por sua Accademia della Crusca, esse mau-trato arbitrário e até mesmo insolente da língua, ao qual se permite todo rabiscador hodierno na Alemanha? Que se veja, por exemplo, na *Biblioteca de' Classici italiani* (Milão, 1804 ss., tomo 142), a *Vida* de Benvenuto Cellini: como o editor imediatamente critica numa nota e leva em consideração todo desvio do toscano puro, por menor que seja e ainda que diga respeito a uma única letra! E igualmente os editores dos *Moralistes français* (1838). Por exemplo, Vauvenargues escreve: "Ni le dégoût est une marque de santé, ni l'appétit *est* une maladie"[18]; de imediato, o editor observa que se deve dizer *n'est*. Entre nós, cada um escreve como quer! Se Vauvenargues escreveu "La difficulté est à les connaître", o editor observa: "il faut, je crois, *de les connaître*". Num jornal inglês, encontrei uma forte repreensão contra um orador que dissera "my *talented* friend", que não seria inglês, e, no entanto, tem-se *spirited*, de *spirit*. É com esse rigor que as outras nações cuidam de sua língua*. Em contrapartida, todo rabiscador alemão compõe sem medo uma palavra inaudita qualquer e, em vez de passar pela chibata nos jornais, encontra aplausos e imitadores. Nenhum escritor, nem mesmo

---

* Esse rigor dos ingleses, franceses e italianos de modo algum é pedantismo, mas cautela para que os patifes rabiscadores não profanem o santuário nacional da língua, como acontece na Alemanha.

o rabiscador mais pífio, hesita em usar um verbo num sentido que nunca lhe foi conferido, desde que o leitor possa, de alguma forma, adivinhar a que ele se refere; então a palavra é considerada como uma idéia original e encontra imitação*.

* O pior é que, contra essas mutilações da língua, que na maioria das vezes partem do círculo mais ignóbil da literatura, não há na Alemanha nenhuma oposição: quase sempre geradas nos jornais políticos, as palavras mutiladas ou insolentemente abusadas passam sem obstáculos e com honras para os jornais científicos das universidades e academias, chegando até mesmo aos livros. Ninguém faz resistência, ninguém se sente intimado a proteger a língua; ao contrário, todos participam, à porfia, da loucura. O verdadeiro *erudito*, no sentido estrito, deveria reconhecer sua missão e empenhar sua honra na resistência a todo tipo de erro e de fraude, em ser o dique onde se quebra a torrente de estupidez de toda espécie, em nunca partilhar o ofuscamento do vulgo, em nunca participar de suas tolices, mas, sempre procedendo à luz do conhecimento científico, iluminar os outros com a verdade e a profundidade. *Nisso consiste a dignidade do erudito.*

Sem qualquer respeito à gramática, ao uso lingüístico, ao significado e ao senso comum, todo bobo escreve o que acaba de lhe passar pela cabeça, e, quanto mais absurdo, melhor! Há pouco, li *Centro-Amerika*, em vez de *Central-Amerika*. Mais uma letra economizada à custa das potências acima mencionadas! Isso torna a ordem, a regra e a lei odiosas ao alemão, em todas as coisas: ele adora misturar o arbítrio individual e o próprio capricho com alguma eqüidade insípida, segundo seu juízo arguto. Por isso, duvido que algum dia os alemães aprenderão a manter sempre a *direita* nas ruas, estradas e veredas como fazem

Nossos professores, ao contrário, presumem que ela consista em títulos de conselheiro da corte e faixas, cuja aceitação os coloca no mesmo nível dos funcionários do correio e de outros servidores ignorantes do Estado. Todo erudito deveria desdenhar semelhante título e, em contrapartida, conservar um certo orgulho, uma vez que pertence à classe teórica, isto é, puramente intelectual, diante de todas as coisas práticas que servem à necessidade material.

inquebrantavelmente os britânicos nos três reinos unidos e em todas as colônias – por mais que a vantagem seja enorme e evidente. Nas sociedades recreativas, nos clubes e em lugares semelhantes, pode-se ver como muitos gostam de violar deliberadamente as leis mais úteis da sociedade, mesmo sem qualquer vantagem para sua comodidade. Mas Goethe diz:

> "Viver segundo o próprio gosto é vulgar:
> o nobre aspira à ordem e à lei."[19]
>
> (Nachlass, v. 17, p. 297)

A mania é universal: todos aproveitam para demolir a língua, sem piedade nem clemência; ou melhor, como no tiro ao alvo, cada um busca abater um pássaro onde e como puder. Portanto, numa época em que na Alemanha não vive um único escritor cujas obras possam prometer alguma durabilidade, fabricantes de livros, literatos e escrevinhadores de jornais se permitem querer reformar a língua; e assim vemos nos nossos dias essa geração impotente, isto é, incapaz de qualquer produção espiritual de gênero superior, apesar de serem todos barbilongos, empregar seu ócio da maneira mais acintosa e despudorada na mutilação da língua em que grandes escritores escreveram, a fim de obter uma fama digna de Heróstrato. Se em outros tempos os corifeus da literatura se permitiam talvez, no pormenor, um aprimoramento bem refletido da língua, agora todo rabiscador, todo escrevinhador de jornal, todo editor de um jornaleco de estética se sente autorizado a pôr suas garras sobre a língua, arrancando, segundo seu capricho, o que não lhe agrada, ou inserindo novas palavras.

Como já dito, a fúria desses cortadores de palavras dirige-se principalmente aos prefixos e afixos. O que eles buscam alcançar por meio dessa amputação deve ser a brevidade e, por meio desta, uma maior pregnância e energia da expressão, pois a parcimônia com papel se revela afinal muito pouca. Eles pretendem, assim, contrair o máximo possível o que vai ser dito. Mas, para tal, é exigido um procedimento totalmente distinto da diminuição de palavras, a saber, o de *pensar* de modo sucinto e conciso. No entanto, esse procedimento não está à disposição de qualquer um. Além disso, a concisão eficaz, a energia e a pregnância da expressão são possíveis apenas sob a condição de que a língua possua para cada conceito uma palavra, e para cada modificação, ou melhor, para cada nuança desse conceito, uma modificação exatamente correspondente da palavra; visto que apenas por meio desta, em sua aplicação correta, torna-se possível que cada período, ao ser pronunciado, desperte no ouvinte o exato pensamento intencionado pelo falante, sem deixar naquele sequer um instante de dúvida a respeito do que este quis dizer. Para tanto, cada termo radical da língua tem de ser um *modificabili multimodis modificationibus,* para que possa se prender como um pano úmido a todas as nuanças do conceito e, assim, às sutilezas do pensamento. Ora, isso é possibilitado principalmente pelos prefixos e afixos: eles são as modulações de cada conceito fundamental no teclado da língua. É por isso que os gregos e os romanos modularam e nuançaram o significado de quase todos os verbos e de muitos substantivos por meio de prefixos. Qualquer verbo principal do latim pode fornecer um exemplo a respeito, como *ponere*, modificado para *imponere, deponere, disponere, exponere, componere, adponere, subponere, superponere, seponere, praeponere, proponere, interponere, transponere* etc. O mesmo pode ser visto nas palavras alemãs: por exemplo, o substantivo *Sicht* [vista] é modificado para *Aussicht* [vista; perspectiva], *Einsicht* [discernimento], *Durchsicht* [revisão], *Nachsicht* [indulgência], *Vorsicht* [precaução], *Hinsicht* [aspecto], *Absicht* [intenção] etc. Ou o verbo *suchen* [procurar], modificado para *aufsuchen* [ir ter com], *untersuchen* [investigar], *besuchen* [visitar], *ersuchen* [solicitar], *versuchen* [tentar], *heimsuchen* [acometer], *durchsuchen* [vasculhar], *nachsuchen* [rebuscar]*

---

* *Führen* [conduzir; guiar]: *mitführen* [levar consigo], *ausführen* [exportar; levar a cabo], *verführen* [seduzir], *einführen* [importar; introduzir], *aufführen* [apresentar], *abführen* [levar embora], *durchführen* [conduzir através de; realizar].

etc. Eis, portanto, o que os prefixos podem fazer. Se são eliminados, por mor da almejada brevidade, e se, a cada vez, emprega-se tão-somente *ponere*, *Sicht* ou *suchen*, quando o caso é empregar as modificações indicadas, então todas as determinações mais precisas de um conceito fundamental permanecem inominadas, e a compreensão é deixada ao critério de Deus e do leitor; com isso, a língua se torna, ao mesmo tempo, pobre, canhestra e rude. Não obstante, é justamente esse o artifício dos perspicazes aperfeiçoadores da língua na "atualidade". Toscos e ignorantes, eles presumem de fato que nossos antepassados tenham acrescentado os prefixos ociosamente e por pura estupidez, e crêem, por sua vez, realizar um lance de gênio ao cortá-los fora, com pressa e zelo, sempre que avistam algum deles. No entanto, nenhum prefixo é desprovido de significado na língua; não há nenhum que não sirva para implementar o conceito fundamental por meio de todas as suas modulações e, exatamente desse modo, para permitir a precisão, a clareza e a sutileza da expressão, que portanto pode tornar-se enérgica e pregnante. Em contrapartida, o corte dos prefixos reduz várias palavras a uma só, o que empobrece a língua. Mais ainda: não apenas as palavras, mas também os conceitos se vêem perdidos dessa maneira, já que passam a faltar os meios para fixá-los, e, ao discursarmos e mesmo ao pensarmos a seu respeito, temos de nos dar por satisfeitos com o *à peu près*, sem podermos, portanto, contar com a energia do discurso e a clareza do pensamento. Não é possível, como acontece com esse corte, reduzir o número de palavras sem ao mesmo tempo ampliar o significado dos que sobram, e essa amplição, por sua vez, não é possível sem que se tire do significado a sua exata precisão, portanto, sem favorecer a ambigüidade e a obscuridade, impossibilitando toda precisão e evidência da expressão, para não falar de sua energia e pregnância. Um exemplo disso é a ampliação do significado da palavra *nur*, já criticada anteriormente, da qual deriva a ambigüidade e às vezes até mesmo o caráter errôneo da expressão. E é tão pouco importante que uma palavra possua duas sílabas a mais, se por meio delas o conceito é determinado com mais precisão! Parece inacreditável, mas há cabeças-tortas que escrevem *Indifferenz* [indiferença] quando se referem a *Indifferentismus* [indiferentismo], a fim de lucrar essas duas sílabas!

Justamente aqueles prefixos que implementam um radical por meio de todas as modificações e nuanças dos seus usos são, portanto, um meio indispensável para toda a clareza e a precisão da expressão, por isso, também para uma concisão, uma energia e uma pregnância genuínas do discurso; o mesmo vale para os afixos, ou seja, para as sílabas finais de várias espécies de substantivos derivados de verbos, como já expomos acima, no caso de *Versuch* e *Versuchung* etc. Eis por que essas duas formas de modular as palavras e os conceitos foram distribuídas na língua e aplicadas nas palavras pelos nossos antepassados com muita sensatez, sabedoria e autêntico tato. Mas a estes sucedeu, em nossos dias, uma geração de rabiscadores rudes, ignorantes e incapazes que, unindo suas forças, fazem de sua profissão a destruição daquela obra de arte dos antigos por meio da dilapidação das palavras, uma vez que esses paquidermes não dispõem naturalmente de nenhuma sensibilidade para os meios artísticos, destinados a expressar pensamentos dotados de finas nuanças; mas, por certo, eles entendem de contar letras. Portanto, se um desses paquidermes puder escolher entre duas palavras, das quais uma corresponde exatamente, por meio do prefixo ou do afixo, ao conceito a ser expresso, e a outra o designa de modo apenas aproximado e genérico, mas conta três letras a menos, nosso paquiderme não pensa duas vezes em apanhar a última e, quanto ao significado, contenta-se com o *à peu près*; de fato, seu pensamento não necessita dessas sutilezas, já que trabalha de modo bastante aproximativo – mas, principalmente, com poucas palavras! Disso depende a brevidade e a força da expressão, a beleza da língua. Se ele deve dizer, por exemplo, "so etwas ist nicht vorhanden" [algo desse tipo não está disponível], dirá "so etwas ist nicht da" [algo desse tipo não existe], devido à grande economia de letras. Sua máxima suprema é sacrificar sempre a adequação e a exatidão de uma expressão à brevidade de outra, que deve servir como sucedâneo; de tudo isso há de resultar aos poucos um jargão extremamente opaco e, por fim, incompreensível, de modo que a única vantagem real que a nação alemã possui sobre as demais nações européias, a sua língua, é acintosamente aniquilada. Pois a língua alemã é a única na qual se pode escrever quase tão bem como em grego e em latim, algo que seria ridículo querer louvar nas outras principais línguas européias, meros *patois* que são. É por isso que, comparado a estas, o alemão tem algo de extraordinariamente nobre e sublime. Mas como um paquiderme desses poderia demonstrar sensibilidade pela delicada essência de uma língua, esse material precioso, flexível, legado aos espíritos pensantes, para poder acolher e preservar um pensamento exato e fino? Já contar letras é coisa para paquidermes! Vede como eles se regalam em estropiar a língua, esses nobres filhos da "atualidade". Observai-os! Cabeças calvas, longas barbas, óculos no lugar dos olhos, um charuto na ponta do focinho como sucedâneo de idéias, um saio sobre as costas no lugar do casacão, vadiação em vez de diligência, arrogância em vez de conhecimentos, insolência e falsa camaradagem em vez de méritos*. Nobre "atualidade", magníficos epígonos, geração crescida no leite materno da filosofia hegeliana! Pela glória eterna quereis apertar vossas garras em nossa antiga língua, para que a marca, como um icnólito, conserve para sempre o vestígio de vossa existência insípida e sombria. Mas *Dî meliora!* Fora, paquidermes, fora! *Esta é a língua alemã!* Nela se expressaram *homens*, ou melhor, nela cantaram grandes poetas, e grandes pensa-

---

* Até quarenta anos atrás, a varíola eliminava dois quintos das crianças, ou seja, todas as fracas, e deixava sobreviver apenas as mais fortes, que haviam resistido a essa prova de fogo. A vacina acabou imunizando também aquelas. Vede agora os anões barbilongos, que correm por toda parte entre vossas pernas, e cujos pais permaneceram em vida somente graças à vacina.

dores escreveram. Arredai as patas! Ou não tereis *o que comer*. (Só isso os assusta.)

Manipulada hoje em dia por quase todos, com desleixo propositado e altivo, a *pontuação* também se tornou vítima da pretensa melhora "atual" da língua, realizada por rapazes que fugiram cedo da escola e cresceram na ignorância. O que exatamente os escrevinhadores imaginam a esse respeito é difícil de dizer; mas provavelmente essa tolice deve significar uma amável *légèreté* francesa, ou deve reconhecer e pressupor a leviandade de opinião. É que os sinais de pontuação gráficos são tratados como se fossem de ouro; conseqüentemente, três quartos de vírgulas necessárias são suprimidos (oriente-se quem puder!); mas onde deveria estar um ponto, encontra-se antes uma vírgula ou, no máximo, um ponto-e-vírgula e assim por diante. A conseqüência mais imediata disso é que se deve ler duas vezes cada período. Ora, na pontuação está uma parte da lógica de todo período, uma vez que esta é demarcada pelos pontos; por isso, um desleixo propositado como esse chega a ser criminoso, mas sobretudo quando, como acontece hoje com muita freqüência, é cometido por filólogos *si Deo placet*, mesmo nas edições dos escritores antigos, dificultando consideravelmente a compreensão destes. Nem sequer o *Novo Testamento* foi poupado em suas recentes edições. Mas, se o objetivo da brevidade, que vós almejais conseguir suprimindo sílabas e contando letras, é economizar o *tempo* do leitor, vós chegareis a tal fim por um caminho muito melhor se lhe permitirdes reconhecer de imediato, com a devida pontuação, quais palavras pertencem a *um* período e quais a outro*. É claro como o dia que uma pontuação negligente, como

---

* Os professores de ginásio eliminam em seus programas de latim três quartos das vírgulas necessárias, o que torna ainda mais incompreensível seu latim escabroso. Esses presumidos ainda se comprazem com isso a olhos vistos. Um verdadeiro modelo de pontuação desleixada é o Plutarco de Sintenis: quase todos os sinais de pontuação foram suprimidos, como se ele intencionasse dificultar a compreensão do leitor.

a que permite a língua francesa, devido à disposição estritamente lógica e, portanto, lacônica das suas palavras, ou como a língua inglesa, devido à grande pobreza de sua gramática, não é aplicável a línguas relativamente originárias que, como tais, têm uma gramática complexa e erudita, capaz de períodos mais elaborados; tais são as línguas grega, latina e alemã*.

* Já que coloquei, com toda razão, essas três línguas uma ao lado da outra, quero chamar a atenção para o cúmulo daquela vaidade nacional francesa, que há séculos provê toda a Europa de motivos de riso: eis o seu *non plus ultra*. No ano de 1857, foi publicada a quinta edição de um livro para uso universitário: "Notions élémentaires de grammaire comparée, pour servir à l'étude des *3 langues classiques*, rédigé sur tral'invitation du ministre de l'Instruction publique, par Egger, membre de l'Institut etc.", mais precisamente (*credite posteri*!), a terceira língua clássica de que se trata é a *francesa*. Portanto, esse misérrimo jargão romântico, essa péssima mutilação de palavras latinas, essa língua que deveria levantar respeitosamente seu olhar para sua irmã mais velha e muito

Portanto, para voltar à brevidade, à elegância de estilo e à pregnância do discurso de que propriamente se trata aqui, pode-se dizer que elas resultam apenas da riqueza de pensamentos e da importância de seu conteúdo; por conseguinte, carecem minimamente do corte deplorável de palavras e frases, excogitado como meio de encurtar a expressão, o qual já critiquei devidamente. Pois pensamentos de peso, substanciais, isto é, dignos de ser escritos de modo geral, devem oferecer matéria e conteúdo suficientes para

mais nobre, a língua italiana, essa língua que tem como peculiaridade exclusiva as repugnantes nasais *en, on, un*, bem como o acento na última sílaba, soluçante e tão indizivelmente repulsivo, ao passo que todas as demais línguas têm a penúltima longa, com um efeito suave e sereno; essa língua, em que não há metro, mas apenas a rima, na maioria das vezes em *é* ou *on*, constitui a forma da poesia – essa língua miserável é colocada aqui como *langue classique*, ao lado da grega e da latina! Exorto toda a Europa a uma vaia geral que humilhe todos esses despudoradíssimos presunçosos.

preencher os períodos que os expressam, inclusive na perfeição gramatical e lexical de todas as suas partes, e com tal abundância, que em parte alguma eles possam ser considerados ocos, vazios ou leves, enquanto o pensamento encontra no discurso, sempre breve e pregnante, sua expressão apreensível e fácil, chegando a se desdobrar e mover com graça. Sendo assim, não se deve estreitar as palavras e as formas lingüísticas, mas antes engrandecer os pensamentos: do mesmo modo como um convalescente, ao readquirir sua corpulência, poderá voltar a vestir suas roupas sem precisar apertá-las.

13 [284]

Um erro estilístico que se torna cada vez mais freqüente nos dias de hoje, dada a decadência da literatura e a negligência em relação às línguas antigas, mas que apenas na Alemanha chega a ser endêmico, é a *subjetividade* do estilo. Esta consiste no fato de que o escritor se contenta em saber ele mesmo o que pensa e quer; o leitor que se arranje em acompanhá-lo. Sem se preocupar com isso, o escritor escreve como se recitasse um monólogo, quando, na verdade, deveria haver um diálogo, isto é, um diálogo em que fosse necessário exprimir-se de modo tão claro a ponto de não se ouvirem as perguntas do interlocutor. Justamente por essa razão, o estilo *não* deve ser subjetivo, mas objetivo; para tanto, é necessário dispor as palavras de modo que elas forcem de imediato o leitor a pensar exatamente o mesmo que o autor pensou. Mas isso só se realizará quando o autor tiver sempre em mente que os pensamentos obedecem à lei da gravidade, no sentido de que eles percorrem com muito mais facilidade o caminho da cabeça ao papel do que o do papel à cabeça, sendo necessários, portanto, todos os meios à nossa disposição para auxiliá-los nesse momento. Se isso acontece, as palavras têm um efeito puramente objetivo, qual uma pintura a óleo, ao passo que o estilo subjetivo não apresenta um efeito muito superior ao de manchas na parede, nas quais somente alguém cuja fantasia foi eventualmente estimulada por elas vê alguma figura, enquanto os outros vêem apenas borrões. A diferença de que se trata estende-se à forma de exposição por completo, mas amiúde também é demonstrável em seus pormenores; por exemplo, acabo de ler num novo livro[20]. "Um die Masse der vorhandenen Bücher zu vermehren, habe ich nicht geschrieben."[21] Tal frase diz o oposto do que o escritor pretendeu e, além disso, não faz sentido.

14 [285]

Quem escreve sem esmero confessa, antes de mais nada, que nem ele mesmo atribui grande valor a seus pensamentos. Pois apenas da convicção sobre a verdade e da importância de nossos pensamentos nasce o entusiasmo que é exigido para estarmos sempre atentos, com perseverança infatigável, à sua expressão mais clara, bela e vigorosa – do mesmo modo como apenas para coisas sagradas ou obras de arte inestimáveis, usam-se recipientes de prata ou de ouro. Eis por que os antigos, cujos pensamentos continuam a viver em suas palavras há milênios e, em virtude disso, portam o título honorífico de clássicos, escreveram sempre com grande zelo. Dizem que Platão redigiu sete vezes a introdução à sua *República*, com diversas modificações. Os alemães, ao contrário, destacam-se perante as outras nações pela negligência do estilo, bem como pela do traje, e ambos os desmazelos nascem da mesma fonte, que reside no caráter nacional. Mas, do mesmo modo que a negligência no traje revela menosprezo pela sociedade em que se entra, o estilo efêmero, descuidado e ruim revela um menosprezo ofensivo pelo leitor, que, nesse caso, pune-o com razão ao deixar de lê-lo. Entretanto, são particularmente divertidos os recenseadores que, no mais desleixado estilo de escrevinhador assalariado, criticam as obras alheias. É como se alguém sentasse no tribunal de roupão e pantufos. Com quanto cuidado são redigidos, porém, a *Edinburgh Review* e o *Journal des Savants*! No entanto, da mesma maneira que tenho prévias restrições a me envolver em conversas com um homem mal vestido e imundo, deixarei de lado um livro assim que me saltar aos olhos a incúria do estilo.

Até mais ou menos cem anos atrás, os doutos escreviam, sobretudo na Alemanha, em *latim*: nessa língua, um único descuido teria sido uma vergonha; a maioria chegava a se empenhar seriamente em escrevê-la com elegância – e muitos o conseguiam. Agora, depois de se libertarem de tais grilhões e de obterem a grande comodidade de poder escrever em sua própria língua materna e doméstica, dever-se-ia esperar que se preocupassem em operá-la ao menos com a máxima correção e do modo mais elegante possível. Na

França, na Inglaterra e na Itália, é o que ainda acontece. Mas na Alemanha, o oposto! Aqui eles escrevinham às pressas o que têm a dizer, como lacaios remunerados, usando as primeiras expressões que lhes chegam ao focinho mal lavado, sem estilo e mesmo sem gramática nem lógica: colocam o imperfeito em toda parte em vez do perfeito e do mais-que-perfeito, o ablativo no lugar do genitivo; em vez de empregar outras preposições, recorrem sempre e unicamente a *für*, que, por conseguinte, de seis casos em cinco está errada; em resumo, cometem todas as asneiras estilísticas, das quais falei anteriormente.

15 [285a]

Dentre as coisas que deterioram a língua, conto também o uso cada vez mais freqüente e errado da palavra *Frauen* [senhoras, esposas] em vez de *Weiber* [mulheres], empobrecendo mais uma vez a língua: *Frau* significa *uxor*, e *Weib*, *mulier* (as moças não são esposas, mas querem sê-lo), ainda que no século XIII essa troca já tenha ocorrido ou as designações tenham sido separadas apenas mais tarde. As mulheres (*Weiber*) já não querem mais ser chamadas de mulheres, pela mesma razão pela qual os judeus (*Juden*) querem ser denominados israelitas (*Israeliten*), e os costureiros (*Schneider*), alfaiates (*Kleidermacher*), e pela qual os comerciantes intitulam sua feitoria (*Comptoir*) de escritório (*Bureau*), e toda brincadeira (*Spass*) ou chiste (*Witz*) tem de ser chamado de *humor*, pois se atribui à palavra não o que compete *a ela*, mas à coisa. Não foi a palavra que incorreu em menosprezo pela coisa, mas o inverso; eis por que os interessados voltariam a requerer, duzentos anos depois, a permuta das palavras. Mas de modo algum a língua alemã deveria empobrecer por causa de um capricho feminino. Por isso, não se deve deixar a questão a cargo das mulheres e de seus literatos insossos do chá das cinco; antes, é preciso considerar que a desordem feminina ou o damaísmo pode nos levar por fim aos braços do mormonismo. De resto, a palavra *Frau* traz consigo o sentido de *avelhado* e desgastado, e soa já como *grau* [grisalho]; portanto, *videant mulieres ne quid detrimenti res publica capiat.*

16 [286]

Poucos escrevem da maneira como um arquiteto constrói, esboçando anteriormente seu projeto e elaborando-o até nos detalhes; ao contrário, a maioria escreve da mesma maneira como se joga dominó. Pois, assim como nesse jogo, ora intencionalmente, ora por acaso, uma peça se junta à outra, o mesmo ocorre com a sucessão e a conexão das frases de tais pessoas. Estas sabem apenas aproximadamente qual será a forma que resultará do conjunto e para onde tenderá. Muitos nem sabem disso, mas escrevem, do mesmo modo como os pólipos coralíneos fazem suas construções: um período se acrescenta ao outro, e seja o que Deus quiser. Além disso, a vida na *atualidade* é uma grande *galopada*: na literatura, ela se manifesta como extrema precipitação e desleixo.

17 [287]

O princípio condutor da estilística deveria ser que o homem só pode pensar com clareza *uma única* idéia por vez; conseqüentemente, não se lhe deve exigir que pense duas ou mesmo várias ao mesmo tempo. Mas isso é o que pretende quem as introduz, como frases intercaladas, nas lacunas do período principal, despedaçado para esse objetivo, a fim de confundir o leitor sem necessidade e de propósito. São principalmente os escritores *alemães* que agem assim. O fato de sua língua se adaptar melhor a isso do que as outras línguas vivas fundamenta, é verdade, a possibilidade, mas não a louvabilidade do fenômeno. Não há prosa que se leia de maneira tão fácil e agradável como a francesa, já que esta, em regra, está livre desse erro. O francês enfileira seus pensamentos um a um, na ordem mais lógica possível e geralmente natural, apresentando-os assim sucessivamente para uma reflexão cômoda do seu leitor, a fim de que este possa dedicar a cada um deles toda a sua atenção. O alemão, por sua vez, entrança-os um no outro num período cada vez mais entrelaçado, porque quer dizer seis coisas ao mesmo tempo, em vez de apresentá-las uma depois da outra. Dizei o que tendes a dizer ordenadamente, e não seis coisas de uma só vez e de modo confuso. Portanto, enquanto deveria buscar atrair e reter a atenção de seu leitor, o escritor ainda requer que este, contrariamente à lei da unidade da apreensão mencionada acima, pense três ou quatro idéias distintas simultaneamente, ou, visto que tal não é possível, numa variação rápida e oscilante. Dessa maneira, ele estabelece as bases de seu *style empesé*, que em seguida completa com expressões preciosas e empoladas, para comunicar as coisas mais simples, e outros artifícios do gênero.

O verdadeiro *caráter nacional dos alemães é a inclinação para o estilo pesado*: ela sobressai no seu modo de caminhar, de agir, na sua língua, na sua fala, no seu modo de narrar, de entender e de pensar, mas especialmente no seu *estilo* literário, no prazer que eles têm por períodos longos, pesados e enredados, com os quais a memória, totalmente sozinha, aprende pacientemente, durante cinco minutos, a lição que lhe é apresentada, até que, por fim, na conclusão do período, o entendimento esperta, e os enigmas são resolvidos. Eles se comprazem com isso e, se ainda for possível apresentar preciosismos, palavras altissonantes e de afetada σεμνότης[22], o autor se regala – que os céus dêem paciência ao leitor! Mas, principalmente, eles diligenciam do começo ao fim por obter a expressão mais indecisa e indeterminada possível, o que faz tudo parecer nebuloso: o objetivo parece ser, em parte, a abertura de uma porta dos fundos para cada frase, em parte, a arrogância que quer parecer ter mais a dizer do que foi pensado; por outro lado, porém, subjaz a essa peculiaridade uma real obtusidade e sonolência, que é justamente o que torna odiosa aos estrangeiros toda a escrevinhação alemã, visto que não lhes agrada tatear no escuro; o que, por sua vez, parece ser congenial aos nossos conterrâneos*.

Na realidade, é antes de tudo a *memória* a se ocupar com esses longos períodos, enriquecidos com orações intercaladas, embutidas umas nas

---

* *Seitens* no lugar de *von Seiten* [da parte de] não é alemão. Em vez de *zeither* [desde então], eles escrevem o absurdo *seither* e o usam cada vez mais no lugar de *seitdem* [desde que, desde então]. Eu não deveria chamá-los de asnos? De eufonia e cacofonia nossos aperfeiçoadores da língua não têm nenhuma noção; ao contrário, ao eliminar as vogais, eles buscam agregar as consoantes de forma cada vez mais condensada, produzindo palavras cuja pronúncia constitui o exercício repugnante dos seus focinhos animalescos.

outras, e preenchidos por elas como gansos assados e recheados com maçãs, períodos que não podemos começar a ler sem antes olhar para o relógio; ao passo que deveriam ser solicitados muito mais o entendimento e a capacidade de julgar, cuja atividade, porém, é dificultada e enfraquecida justamente por isso. De fato, tais períodos oferecem ao leitor apenas frases pela metade, que sua memória deve juntar e conservar cuidadosamente, como os pedacinhos de uma carta rasgada, até que, depois de acrescidas às outras partes correspondentes, são completadas e recebem um sentido. Por conseguinte, até esse ponto o leitor precisa ler por algum tempo, sem pensar em nada, de preferência memorizando tudo, na esperança de que a conclusão lhe abra os olhos e de que ele então consiga pensar alguma coisa. Antes de ter algo que possa compreender, ele recebe muitas informações que deve decorar. Isso é manifestamente iníquo e um abuso da paciência do leitor. Mas a preferência inequívoca das cabeças comuns por esse gênero de escrita baseia-se no fato de que somente depois de algum tempo e de alguma fadiga ela permite que o leitor entenda o que de outro modo teria logo entendido; surge, assim, a aparência de que o escritor teria mais profundidade e entendimento que o leitor. Portanto, isso também faz parte dos artifícios mencionados acima, por meio dos quais os medíocres, inconsciente e instintivamente, empenham-se em esconder sua pobreza de espírito e em criar a aparência do oposto. Sua inventividade nesse ponto chega a ser surpreendente.

Evidentemente, porém, é contra todo bom senso atravessar um pensamento por intermédio de outro, como uma cruz de madeira. No entanto, é isso o que acontece quando se interrompe o que se começou a dizer, a fim de dizer nesse ínterim algo totalmente distinto, entregando aos cuidados do seu leitor um período iniciado, por ora ainda sem sentido, até que chegue depois a complementação. É mais ou menos como se alguém oferecesse a seus convidados um prato vazio, deixando-os esperar que lhes sirvam alguma coisa. Na realidade, as vírgulas das orações intercaladas são da mesma família das notas de rodapé e dos parênteses no meio do texto; ou melhor, no fundo, todos os três são diferentes apenas em relação ao grau. Se por vezes Demóstenes e Cícero também recorreram a esses períodos interpolados, teria sido melhor se nunca o tivessem feito.

Essa construção de frases atinge o grau máximo de mau gosto quando as orações intercaladas não são sequer inseridas organicamente, mas cravadas para interromper diretamente um período. Se, por exemplo, for uma impertinência interromper os outros, não será menos impertinente interromper a si próprio, como acontece na construção frasal, que há alguns anos vem sendo aplicada, pelo menos seis vezes em cada página, por todos os escribas ruins, negligentes e apressados, ávidos pelo pão de cada dia, e que se comprazem com tal uso. Essa construção – quando se pode, deve-se dar regra e exemplo ao mesmo tempo – consiste em interromper uma frase para colar outra no meio. No entanto, eles a aplicam não apenas por preguiça, mas também por estupidez, tomando-a por uma amável *légèreté* que anima o discurso. Em casos isolados e raros, esse modo de escrever pode ser desculpável.

18 [288]

Já no aspecto lógico, no que se refere à doutrina dos *juízos analíticos*, poder-se-ia observar, entre outras coisas, que estes não devem propriamente ocorrer em bons discursos, pois têm um efeito simplório. Na maioria da vezes, esse efeito ressalta quando do indivíduo é predicado o que pertence ao gênero, por exemplo, como se alguém afirmasse que um boi possui chifres ou que a atividade de um médico é curar doentes e assim por diante. Portanto, esses juízos devem ser utilizados somente quando se tem uma explicação ou definição para dar.

19 [289]

As *comparações* são de grande valor, na medida em que reduzem uma relação desconhecida a uma conhecida. Inclusive as comparações mais detalhadas, transformadas em parábola ou alegoria, são somente a redução de uma relação qualquer à sua exposição mais simples, ilustrativa e palpável. Até mesmo toda formação de conceitos baseia-se fundamentalmente em comparações, na medida em que ela resulta da apreensão do que é semelhante e do abandono do que é dessemelhante nas coisas. Além disso, em última instância, toda *compreensão* verdadeira consiste numa apreensão de relações (*un saisir de rapports*); mas toda relação terá uma apreensão tanto mais clara e pura quando se reconhecer a mesma coisa em casos muito distintos um do outro e entre coisas bastante heterogêneas. Enquanto a existência de uma relação só me é conhecida como um caso isolado, tenho dela um mero conhecimento individual, ou seja, na realidade, um conhecimento apenas intuitivo; mas, assim que apreender, mesmo que apenas em dois casos diversos, a mesma relação, terei um *conceito* de toda a sua *espécie*, isto é, um conhecimento mais profundo e perfeito.

Justamente pelo fato de as comparações serem uma alavanca poderosa para o conhecimento, a elaboração daquelas que se mostram surpreendentes e, ao mesmo tempo, pertinentes é prova de profunda inteligência. Em conformidade com isso, Aristóteles também afirma (*Poét.*, cap. XXII): πολὺ δὲ μέγιστον τὸ μεταφορικὸν εἶναι· μόνον γὰρ τοῦτο οὔτε παρ' ἄλλου ἔστι λαβεῖν, εὐφυΐας τε σημεῖόν ἐστιν· τὸ γὰρ εὖ μεταφέρειν τὸ ὅμοιον θεωρεῖν ἐστίν (*at longe maximum est, metaphoricum esse: solum enim hoc neque ab alio licet assumere, et boni ingenii signum est. Bene enim transferre est simile intueri*). Igualmente (*Ret.*, III, 11): καὶ ἐν φιλοσοφίᾳ τὸ ὅμοιον, καὶ ἐν πολὺ διέχουσι, θεωρεῖν εὐστόχου (*etiam in philosophia simile, vel in longe distantibus, cernere perspicacis est*)[23 e 24].

20 [289a]

Quão grandes e admiráveis foram aqueles espíritos primevos do gênero humano que, onde quer que tenham estado, inventaram a mais admirável das obras de arte, a *gramática* da língua, criaram as *partes orationis*, distinguiram e firmaram no substantivo, no adjetivo e no pronome os gêneros e os casos, no verbo, os tempos e os modos, separando com fineza e cuidado o imperfeito, perfeito e o mais-que-perfeito, entre os quais, no grego, encontram-se ainda os aoristos; tudo com o propósito nobre de ter um órgão material adequado e suficiente para a expressão plena e digna do pensamento humano, um órgão que pudesse receber toda nuança e toda modulação deste e reproduzi-lo corretamente. E agora observemos nossos aperfeiçoadores hodiernos daquela obra de arte, esses toscos, obtusos e broncos aprendizes da corporação alemã de escrevinhadores: por economia de espaço, querem eliminar aquelas distinções cuidadosas, julgando-as supérfluas; por conseguinte, misturam todos os pretéritos no imperfeito e falam usando apenas imperfeitos. A seus olhos, os inventores das formas gramaticais há pouco louvados devem ter sido perfeitos idiotas que não compreenderam que se poderia medir tudo pela mesma rasa e que o imperfeito poderia servir como pretérito único e universal; e quão simplórios não lhes devem parecer os gregos, que, não contentes com os três pretéritos, ainda inseriram os dois aoristos*! Além disso, eles zelosamente suprimem todos os prefixos, tomando-os como excrescências inúteis, e entenda quem puder o que restou! Partículas lógicas essenciais, como *nur, wenn, um, zwar, und* etc., que teriam iluminado todo um período, eles as extirpam por economia de espaço, e o leitor fica no escuro. No entanto, tal coisa é bem-vinda a muitos escrevinhadores que, de fato, escrevem

* Que pena que nossos geniais aperfeiçoadores da língua não tenham vivido entre os gregos! Eles teriam acutilado também a gramática grega, para que dela resultasse uma gramática hotentote.

de maneira intencionalmente obscura e de difícil compreensão, pois, como velhacos que são, prentendem, desse modo infundir respeito no leitor. Em suma, os insolentes se permitem qualquer estropiação gramatical e lexical da língua para lucrar algumas sílabas. São intermináveis os truques miseráveis de que se servem a fim de extirpar aqui e ali uma sílaba, na ilusão estúpida de alcançar assim a brevidade e a pregnância da expressão. A brevidade e a pregnância da expressão, meus caros cabeças-tontas, dependem de coisas totalmente distintas da eliminação de sílabas e requerem propriedades que vós compreendeis e possuís muito pouco. Mas, quanto a isso, eles não recebem nenhuma repreensão; ao contrário, um exército de asnos ainda maiores do que eles os imita no mesmo instante. Esse modo de corrigir a língua encontra uma imitação ampla, geral e quase absoluta porque a eliminação de sílabas, cujo significado é incompreensível, requer justamente tanto entendimento como o que possui o mais estúpido dos estúpidos.

A língua é uma obra de arte e deve ser tomada como tal, isto é, *objetivamente*; por conseguinte, tudo o que é expresso nela deve ser conforme suas regras e propósitos, e o que cada frase afirmar tem de ser comprovado como objetivamente existente nela: não se deve tomar a língua de modo meramente *subjetivo* e se expressar com precariedade, na esperança de que o outro talvez adivinhe o que se quis dizer, como fazem os que não designam o caso, expressam todos os pretéritos por meio do imperfeito, suprimem os prefixos etc. Como é grande a distância entre os que outrora inventaram e separaram os tempos e os modos dos verbos e os casos dos substantivos e adjetivos, e aqueles miseráveis que querem lançar tudo isso pela janela, para conservar, com esse modo aproximado de se exprimir, uma espécie de jargão de hotentotes que lhes seja adequado. São os rabiscadores venais do período atual de uma literatura em bancarrota espiritual.

Partindo dos escrevinhadores de jornal, a estropiação da língua encontra seguidores obedientes e admirados entre os eruditos que escrevem nas revistas literárias e nos livros, ao passo que estes deveriam pelo menos procurar controlar esse costume, dando o exemplo oposto, isto é, conservando o bom e genuíno alemão; mas isso ninguém faz. Não vejo um único se levantar contra esta mutilação, um único que venha ao socorro da língua seviciada pela ignóbil plebe literária. Não, eles obedecem como ovelhas e seguem os asnos. Isso porque nenhuma nação é tão pouco inclinada a julgar por si mesma (*to judge for themselves*) e a *condenar* como a alemã, enquanto a vida e a literatura oferecem a todo momento algum motivo para tal. (Ao contrário, eles pretendem mostrar, imitando apressadamente cada estropiação descerebrada da língua, que "estão à altura da época", que não ficaram para trás, que são escritores de talhe moderníssimo.) Como as pombas, não têm bílis[25] – mas quem não tem bílis não possui inteligência: esta gera uma certa *acrimônia* que, na vida, na arte e na literatura, provoca necessariamente, dia após dia, a reprovação interna e o desprezo a milhares de coisas, o que nos impede de reproduzi-las.

DA LEITURA E DOS LIVROS

21 [290]

A ignorância degrada as pessoas apenas quando associada à riqueza. O pobre é limitado pela sua pobreza e pela sua necessidade; suas realizações substituem nele a instrução e ocupam seus pensamentos. Em contrapartida, os ricos, que são ignorantes, vivem meramente para seus prazeres e assemelham-se às bestas, como se pode ver todos os dias. Quanto a isso, acrescente-se ainda a exprobação de que a riqueza e o ócio não teriam sido desfrutados para aquilo que lhes confere o maior valor.

22 [291]

Quando lemos, outra pessoa pensa por nós: repetimos apenas seu processo mental. Ocorre algo semelhante a quando o estudante que está aprendendo a escrever refaz com a pena as linhas traçadas a lápis pelo professor. Sendo assim, na leitura, o trabalho de pensar nos é subtraído em grande parte. Isso explica o sensível alívio que provamos quando deixamos de nos ocupar com nossos pensamentos para passar à leitura. Porém, enquanto lemos, nossa cabeça, na realidade, não passa de uma arena dos pensamentos alheios. E quando estes se vão, o que resta? Essa é a razão pela qual quem lê muito e durante quase o dia inteiro, mas repousa nos intervalos, passando o tempo sem pensar, pouco a pouco perde a capacidade de pensar por si mesmo – como alguém que sempre cavalga e acaba por desaprender a caminhar. Tal é a situação de muitos eruditos: à força de ler, estupidificaram-se. Pois ler constantemente, retomando a leitura a cada instante livre, paralisa o espírito mais do que o trabalho manual contínuo, visto que, na execução deste último, é possível entregar-se aos próprios pensamentos. No entanto, como uma mola que, pela pressão constante acarretada por meio de um corpo estranho, acaba por perder sua elasticidade, também o espírito perde a sua devido à imposição contínua de pensamentos alheios. E, do mesmo modo como uma alimentação excessiva causa indigestão e, conseqüentemente, prejudica o corpo inteiro, pode-se também sobrecarregar e sufocar o espírito com uma alimentação mental excessiva. Pois, quanto mais se lê, menos vestígios deixa no espírito aquilo que se leu: a mente transforma-se em algo semelhante a uma lousa, à qual encontram-se escritas muitas palavras, umas sobre as outras. Por isso, não se chega à ruminação*: entretanto, apenas esta permite assimilar o que foi lido, do mesmo modo como os alimentos nos

---

* Ou melhor, o afluxo intenso e contínuo do conteúdo de novas leituras serve apenas para acelerar o esquecimento do que se leu anteriormente.

nutrem não porque os comemos, mas porque os digerimos. Se, ao contrário, lê-se continuadamente, sem mais tarde pensar a respeito do que se leu, o conteúdo da leitura não cria raízes e, na maioria das vezes, perde-se. Em geral, o processamento da alimentação mental não difere daquele da alimentação corporal: apenas a cinqüentésima parte do que se consome chega a ser assimilada; o restante é eliminado por meio da evaporação, da respiração ou similares.

A tudo isso soma-se o fato de que os pensamentos transportados para o papel não são nada além de uma pegada na areia: pode-se até ver o caminho percorrido; no entanto, para saber o que tal pessoa viu ao caminhar, é preciso usar os próprios olhos.

23 [292]

Ao lermos um autor, não temos a capacidade de adquirir suas eventuais qualidades, como o poder de convencimento, a riqueza de imagens, o dom da comparação, a ousadia, ou o amargor, ou a concisão, ou a graça, ou a leveza da expressão, ou o espírito arguto, constrastes surpreendentes, laconismo, ingenuidade e outras semelhantes. No entanto, podemos evocar em nós mesmos tais qualidades, tornarmo-nos conscientes da sua existência, caso já tenhamos alguma predisposição para elas, ou seja, caso as tenhamos *potentia*; podemos ver o que é possível fazer com elas, podemos nos sentir confirmados em nossa tendência, ou melhor, encorajados a empregar tais qualidades; com base em exemplos, podemos julgar o efeito de sua aplicação e assim aprender seu uso correto; somente então as possuiremos também *actu*. Esta é, portanto, a única maneira na qual a leitura nos torna aptos para escrever, na medida em que nos ensina o uso que podemos fazer dos nossos próprios dons naturais; portanto, sempre pressupondo a existência destes. Por outro lado, sem esses dons, não aprendemos nada com a leitura, exceto a maneira fria e morta, e nos tornamos imitadores banais.

24 [292a]

No interesse dos olhos, a polícia sanitária deveria vigiar para que a miudeza dos caracteres tipográficos não ultrapasse um mínimo estabelecido. (Quando eu estava em Veneza, em 1818, no tempo em que ainda se fabricavam as autênticas correntinhas venezianas, um ourives me disse que aqueles que produziam a *catena fina*[26] ficavam cegos aos trinta anos.)

25 [293]

Do mesmo modo como os estratos da Terra conservam em série os seres vivos das épocas passadas, as prateleiras das bibliotecas fazem o mesmo com os enganos de outrora e com suas exposições, que, como os seres vivos, eram muito vivos e ruidosos em seu tempo, enquanto agora encontram-se rígidos e petrificados, onde apenas o paleontólogo literário as contempla.

26 [294]

Segundo Heródoto, Xerxes chorou ao ver seu exército imenso, pensando que, de todos aqueles guerreiros, após cem anos nenhum estaria vivo: quem não choraria ao ver um espesso catálogo de livros impressos, se pensasse que de todos eles, já após dez anos, nenhum sobreviveria?

27 [295]

O que acontece na literatura não é diferente do que acontece na vida: para onde quer que se volte, depara-se imediatamente com a incorrigível plebe da humanidade, que se encontra por toda parte em legiões, preenchendo todos os espaços e sujando tudo, como as moscas no verão. Eis a razão do número incalculável de livros ruins, essa erva daninha da literatura que tudo invade, que tira o alimento do trigo e o sufoca. De fato, eles arrancam tempo, dinheiro e atenção do público – coisas que, por direito, pertencem aos bons livros e a seus nobres fins – e são escritos com a única intenção de proporcionar algum lucro ou emprego. Portanto, não são apenas inúteis, mas também positivamente prejudiciais. Nove décimos de toda a nossa literatura atual não possui outro objetivo senão o de extrair alguns táleres do bolso do público: para isso, autores, editores e recenseadores conjuraram firmemente.

Um golpe astuto e maldoso, porém notável, é o que teve êxito junto aos literatos, aos escrevinhadores que buscam o pão de cada dia e aos polígrafos de pouca conta, contra o bom gosto e a verdadeira educação da época, uma vez que eles conseguiram dominar todo o *mundo elegante*, para adestrá-lo a *ler a tempo*, ou seja, fazendo com que todos leiam sempre a mesma coisa, isto é, a última novidade, de modo que em seu círculo de relações eles possam ter matéria de conversação: a esse fim servem os romances ruins e as produções semelhantes de penas algum dia renomadas, como as de Spindler, Bulwer, Eugênio Sue e outros, que eram lidos no passado. Mas o que pode ser mais miserável do que o destino de tal público das belas-letras, que se vê obrigado a ler perpetuamente as escrevinhações mais recentes de cabeças tão comuns, cabeças que escrevem apenas por dinheiro, e por isso suas produções encontram-se sempre em grande quantidade, enquanto das obras dos espíritos raros e superiores de todos os tempos e países, esse público conhece somente o nome! De modo particular, a *imprensa quotidiana* das belas-letras é um meio engenhado com astúcia para roubar do público que se interessa por estética o tempo que ele deveria dedicar às produções autênticas do gênero, em prol da própria educação, e para fazer com que esse tempo seja dedicado às obras malfeitas das cabeças banais.

Como as pessoas lêem sempre apenas as *novidades* em vez das melhores obras de todos os tempos, os escritores permanecem no âmbito restrito das idéias circulantes, e a época afunda cada vez mais na própria sujeira.

Por isso, no que concerne à nossa leitura, a arte de *não* ler é de máxima importância. Ela consiste no fato de não se assumir a responsabilidade por aquilo que a todo instante ocupa imediatamente a maioria do público, como panfletos políticos e literários, romances, poesias e similares, que são rumorosos justamente naquele determinado momento, e chegam até a atingir várias edições em seu primeiro e último ano de vida. É preferível então pensar que quem escreve para loucos encontra sempre um grande público, e que o escasso tempo destinado à leitura deve ser exclusivamente dedicado às obras dos maiores espíritos de todos os tempos e de todos os povos, que sobressaem em relação ao restante da humanidade e que são assim designados pela voz da glória. Apenas estes instruem e ensinam realmente.

Nunca se chegará a ler um número muito reduzido de obras ruins nem obras boas com muita freqüência. Livros ruins são um veneno intelectual: estragam o espírito.

A condição para ler obras boas é não ler obras ruins, pois a vida é breve, e o tempo e as forças são limitados.

28 [295a]

Livros são escritos ora a respeito deste, ora a respeito daquele grande espírito do passado, e o público os lê, mas não lê as obras escritas por eles; porque quer ler apenas as obras que acabaram de ser impressas, e porque *similis simili gaudet*, e a bisbilhotice fútil e insípida de uma cabeça superficial hodierna lhe é mais homogênea e agradável do que os pensamentos de um grande espírito. De minha parte, agradeço ao destino por ter me levado a conhecer, já na juventude, um belo epigrama de A. W. Schlegel, que desde então se tornou minha estrela-guia:

"Lede com empenho os antigos, os verdadeiros
e autênticos antigos:

o que os modernos dizem a seu respeito, não
significa muito."[27]

Oh, como se assemelham as cabeças comuns
da mesma espécie! De fato, todas elas foram produzidas a partir do mesmo molde! É incrível como
a cada uma vem em mente a mesma idéia na mesma ocasião, e nada mais! Acrescente-se a isso suas
baixas intenções pessoais. E a bisbilhotice indigna de tais sujeitos é lida por um público estúpido, basta que tenha sido estampada naquele mesmo dia, enquanto os grandes espíritos descansam
nas prateleiras de livros.

É realmente inacreditável a tolice e a improcedência do público, que deixa de ler aqueles que,
em todos os gêneros, são os espíritos mais nobres
e raros de todos os tempos e países, para ler as escrevinhações diárias dessas cabeças comuns, que
todo ano surgem em quantidades imensuráveis,
como as moscas – meramente porque foram estampadas naquele mesmo dia e ainda estão úmidas de tinta. Tais produções deveriam, antes, permanecer abandonadas e desprezadas já no dia

do seu nascimento, como de fato o serão após poucos anos e depois para sempre, um material sem valor que servirá apenas para rir dos tempos passados e de suas patranhas.

29 [296]

Em todas as épocas, existem duas literaturas que caminham lado a lado e com muitas diferenças entre si: uma real e outra apenas aparente. A primeira cresce até se tornar uma *literatura permanente*. Exercida por pessoas que vivem *para* a ciência ou *para* a poesia, ela segue seu caminho com seriedade e tranqüilidade, mas manifesta-se com lentidão, produzindo na Europa pouco menos de uma dúzia de obras por século, que, no entanto, *permanecem*. A outra, exercida por pessoas que vivem *da* ciência ou *da* poesia, anda a galope, com rumor e alarido por parte dos interessados, trazendo anualmente milhares de obras ao mercado. Após poucos anos, porém, as pessoas perguntam: Onde estão essas obras? Onde está sua glória tão prematura e ruidosa? Por isso, pode-se também chamar esta última de literatura que passa, e aquela, de literatura que fica.

30 [296a]

Seria bom comprar livros se, junto com eles, fosse possível comprar o tempo para lê-los, mas, em geral, troca-se a aquisição dos livros pela aquisição do seu conteúdo.

Pretender que um indivíduo conserve tudo o que leu é como exigir que ele ainda traga dentro de si tudo o que já comeu. Ele viveu fisicamente do que comeu e intelectualmente do que leu, e graças a ambos tornou-se o que é. No entanto, do mesmo modo como o corpo assimila o que lhe é homogêneo, cada um *conservará* o que lhe *interessa*, ou seja, aquilo que se adapta ao seu sistema de pensamentos ou aos seus objetivos. Não há dúvida de que todos têm seus objetivos, mas poucos possuem algo semelhante a um sistema de pensamentos. Por isso, nada desperta neles um interesse objetivo, e, justamente por essa razão, nada do que lêem se deposita em suas cabeças; eles não conservam nada de sua leitura.

Repetitio est mater studiorum. Todo e qualquer livro importante deve ser lido duas vezes seguidas; em parte porque as coisas são compreendidas com mais facilidade em seu contexto quando lidas pela segunda vez e porque só se entende de fato o início depois de se conhecer o fim; em parte porque, a cada trecho, a segunda leitura fornece um efeito e um estado de espírito diferentes dos que se sentem na primeira, fazendo com que a impressão resulte distinta; é como ver um objeto sob outra iluminação.

As *obras* são a *quintessência* de um espírito: por conseguinte, mesmo se este for o espírito mais sublime, elas sempre serão, sem comparação, mais ricas de conteúdo do que sua companhia, e a substituirão também na essência – ou melhor, ultrapassá-la-ão em muito e a deixarão para trás. Até mesmo os escritos de uma cabeça medíocre podem ser instrutivos, dignos de leitura e divertidos, justamente porque são sua *quintessência*, o resultado, o fruto de todo o seu pensamento e estudo; enquanto sua companhia não consegue nos satisfazer. Sendo assim, podem-se ler livros de pessoas em cujas companhias não se encontraria nenhum prazer, e é por essa razão que uma cultura intelectual elevada nos induz pouco a pouco a encontrar nosso prazer quase exclusivamente na leitura dos livros, e não na conversa com as pessoas.

Não há maior refrigério para o espírito do que a leitura dos clássicos antigos: tão logo temos um deles nas mãos, e mesmo que seja por apenas meia hora, sentimo-nos imediatamente refrescados, aliviados, purificados, elevados e fortalecidos; como se nos tivéssemos deleitado na fonte fresca de uma rocha. Tal fato depende das línguas antigas e de sua perfeição ou da grandeza dos espíritos, cujas obras permanecem intactas e vigorosas pelos milênios? Talvez de ambos. Mas sei que, se algum dia o estudo das línguas antigas cessar, como ameaça cessar agora, surgirá então uma nova literatura, feita de escrevinhações bárbaras, triviais e indignas, como ainda não chegou a existir; tanto mais que a língua alemã, que realmente possui algumas das perfeições das línguas antigas, é dilapidada e mutilada com zelo e método pelos rabiscadores da época "atual", de modo que, pouco a pouco, ela empobrece e degenera, transformando-se num jargão miserável.

Existem *duas histórias*: a *política* e a da *literatura* e da arte. A primeira é a história da *vontade*, a segunda, do *intelecto*. Por isso, a primeira é quase sempre alarmante, ou melhor, assustadora. Nela, o medo, a necessidade, o engano e terríveis assassinatos ocorrem em massa. A outra, ao contrário, é sempre agradável e serena, como o intelecto isolado, mesmo quando descreve erros. Seu ramo principal é a história da filosofia. Na verdade, esta constitui seu baixo ideal, que se faz ouvir até mesmo na outra história e também conduz a opinião do seu fundamento até ela: mas esta última domina o mundo. Sendo assim, a filosofia, no sentido próprio e inequívoco, também é a mais forte potência material; contudo, age de forma muito lenta.

31 [297]

Na história universal, meio século é sempre um período considerável, pois sua matéria flui continuamente, na medida em que sempre ocorre alguma coisa. Em contrapartida, na história da literatura, muitas vezes o mesmo período não pode sequer ser levado em consideração, justamente porque nele nada ocorreu: tentativas malfeitas não lhe concernem. Continua-se na mesma situação em que se estava há cinqüenta anos.

Para esclarecer tal fato, é necessário imaginar os progressos do conhecimento do gênero humano como a órbita de um planeta. Desse modo, por meio dos epiciclos ptolemaicos, é possível representar as aberrações a que esse conhecimento é submetido geralmente após todo progresso relevante; depois de percorrer cada um desses epiciclos, o gênero humano encontra-se novamente no lugar onde estava antes de sua partida. No entanto, as cabeças superiores, que de fato fazem avançar o gênero humano nessa órbita planetária, não participam do epiciclo respectivo. Isso explica por que a glória na posteridade em geral é paga com a perda do aplauso dos contemporâneos, e vice-versa. Um epiciclo semelhante é, por exemplo, a filosofia de Fichte e de Schelling, coroada por fim pela sua caricatura hegeliana. Esse epiciclo partiu da última linha traçada por Kant até aquele ponto, onde mais tarde eu a retomei para continuar a traçá-la: porém, no intervalo de tempo entre Kant e eu, os referidos pseudofilósofos e outros ainda percorreram paralelamente o seu epiciclo, que agora se encontra completo, de modo que o público que os acompanhou se vê exatamente no mesmo lugar de onde partiu.

A essa evolução das coisas relaciona-se o fato de vermos o espírito científico, literário e artístico da época declarar bancarrota a cada trinta anos, aproximadamente. Nesse período, de fato, os erros respectivos intensificaram-se tanto, que acabaram por desmoronar sob o peso da sua própria absurdidade, e, simultaneamente, a oposição se reforçou em relação a eles. É quando, então, ocorre uma mudança; mas, desta vez, freqüentemente segue a direção contrária. Demonstrar esse andamento das coisas em seu retorno periódico seria o verdadeiro argumento pragmático da história literária, mas esta não pensa muito a respeito. Além disso, devido à relativa brevidade de tais períodos, muitas vezes é difícil reunir os dados pertencentes a tempos mais distantes; por isso, é mais cômodo observar a questão com base em sua própria época. Se buscássemos um exemplo disso nas ciências positivas, poderíamos tomar a geologia netunista de Werner. No entanto, prefiro ficar com o exemplo já mencionado e mais próximo de nós. Ao período áureo de Kant, seguiu-se imediatamente na filosofia alemã um outro, em que os filósofos se esforçavam para produzir efeito em vez de convencer; no lugar da precisão e da clareza, o brilho e a hipérbole, mas sobretudo a incompreensão; e até mesmo, em vez de buscar a verdade, fizeram intrigas. Com tal comportamento a filosofia não podia progredir. Finalmente, toda essa escola e esse método entraram em falência. Pois, em Hegel e nos seus companheiros, a insolência dos rabiscadores insanos de um lado e a dos panegiristas inescrupulosos de outro, junto à evidente premeditação de toda essa intriga bem planejada, haviam atingido dimensões tão colossais, que, por fim, todos tiveram de abrir os olhos para descobrir o embuste e, quando após algumas revelações foi retirada a proteção que cobria tudo, tiveram de abrir a boca também. Essa filosofia, que é a mais miserável de todas as pseudofilosofias, arrastou consigo seus antecedentes Fichte e Schelling para o abismo do descrédito. Com isso, revelou-se doravante toda a incompetência filosófica da primeira metade do século que sucedeu Kant na Alemanha, enquanto com os estrangeiros o talento filosófico dos alemães é vangloriado – especialmente depois que um escritor inglês teve a maldosa ironia de nomeá-los um povo de pensadores.

Para quem deseja, porém, ter uma prova do esquema geral dos epiciclos aqui exposto, com base na história da arte, basta observar a escola de escultura de Bernini, que florescia ainda no século passado, particularmente em seu desenvolvimento francês sucessivo, e que representava a natureza comum em vez da beleza clássica, e o decoro do minueto francês em vez da simplicidade e da graça antigas. Tal escola faliu quando, após a repreensão de Winckelmann, voltou-se à escola dos antigos. Em compensação, um testemunho da pintura é oferecido pelo primeiro quarto deste século, que considerava a arte como um simples meio e instrumento de uma religiosidade medieval, e por isso escolhia para o seu único tema assuntos eclesiásticos, que, no entanto, eram tratados por pintores aos quais faltava a verdadeira seriedade daquela fé, mas que, seguindo a referida ilusão, tomavam como modelo Francesco

Francia, Pietro Perugino, Angelo da Fiesole e outros semelhantes, ou melhor, apreciavam-nos mais do que os verdadeiros grandes mestres que os sucederam. Em relação a essa aberração, e pelo fato de, simultaneamente, ter-se feito valer na poesia uma aspiração análoga, Goethe escreveu a parábola *Pfaffenspiel*. Mais tarde, essa escola também foi reconhecida como inconsistente, entrou em falência, e a ela seguiu-se a volta à natureza, que se manifestou em quadros de gênero e em todo tipo de cenas da vida, embora algumas vezes tenha degenerado em obras vulgares.

Em conformidade com a evolução dos progressos humanos, a *história da literatura*, em sua maior parte, é o catálogo de um museu de criaturas recém-nascidas com deformidades. O álcool em que são conservadas pelo mais longo tempo é o pergaminho. Em contrapartida, as poucas criaturas nascidas perfeitas não devem ser procuradas lá: elas permaneceram na vida e são encontradas por todos os cantos do mundo, onde passeiam como imortais na juventude eternamente fresca. Apenas estas produzem a *verdadeira* literatura, indicada no parágrafo anterior, cuja história, pobre de personagens, aprendemos desde nossos jovens anos da boca de todas as pessoas cultas, e não apenas dos compêndios. Contra a monomania dominante nos dias de hoje, de ler histórias literárias com o objetivo de sentir-se capaz de conversar sobre tudo, sem na verdade conhecer alguma coisa, sugiro uma passagem de Lichtenberg, muito digna de ser lida (vol. II, p. 302 da antiga edição)[28].

Entretanto, gostaria que alguém tentasse algum dia escrever uma *história trágica da literatura*, na qual mostrasse como as diferentes nações, que individualmente demonstram seu máximo orgulho por seus grandes escritores e artistas, trataram estes últimos em vida; tal pessoa colocaria então diante de nossos olhos aquela luta sem fim que as coisas boas e autênticas de todos os tempos e países tiveram de sustentar contra as coisas erradas e ruins que sempre prevalecem; descreveria o martírio de quase todos os verdadeiros iluminadores da humanidade, de quase todos os grandes mestres em toda disciplina e arte; mostrar-nos-ia como estes, salvo poucas exceções, tiveram uma vida atormentada, sem reconhecimento, sem simpatia, sem discípulos, na pobreza e na miséria, enquanto a glória, a honra e a riqueza acabavam no poder de concorrentes indignos; portanto, estes sofreram a mesma sorte de Esaú: enquanto ele caçava e abatia a caça para o pai, Jacó, vestido com suas roupas, roubava-lhe a bênção paterna. No entanto, apesar de tudo, o amor pela sua causa os manteve íntegros; quando então finalmente a difícil luta de tal educador do gênero humano foi cumprida, o louro imortal saudou-o e soou a hora em que a ele também foi dito:

> "A pesada couraça ganha asas,
> breve é a dor, e eterna é a alegria."[29]

DA LÍNGUA E DAS PALAVRAS

32 [298]

A voz dos animais serve apenas para exprimir a *vontade* em suas excitações e movimentos; já a voz humana serve para exprimir também o *conhecimento*. A isso relaciona-se o fato de que a voz dos animais quase sempre nos causa uma impressão desagradável, exceto aquela de algumas aves.

Na origem da língua humana, as *interjeições* foram certamente o primeiro elemento que, como os sons dos animais, exprimiram não um conceito, mas sentimentos, ou seja, movimentos da vontade. Em seguida, surgiram suas diferentes espécies, e dessa diversidade deu-se a passagem para os substantivos, verbos, pronomes pessoais etc.

A palavra do ser humano é o material mais durável. Quando um poeta encarna sua sensação mais fugaz com palavras adequadas, ela vive nestas por milênios e volta a despertar em todo leitor sensível.

33 [298a]

Como se sabe, as línguas, sobretudo no que concerne à gramática, são tão mais perfeitas quanto mais antigas, e sua piora se dá de modo gradual; a partir do nobre sânscrito, vai-se descendo progressivamente até o jargão inglês, que forma um traje de pensamentos, composto de pedaços heterogêneos de pano mal-remendados. Essa degradação lenta é um argumento duvidoso contra as teorias prediletas dos nossos otimistas tão prosaicos e sorridentes, relativas ao "progresso constante da humanidade voltado ao melhor", em nome do qual gostariam de deturpar a deplorável história do gênero bípede; além disso, trata-se de um problema de difícil solução. Não podemos deixar de pensar que o primeiro gênero humano, saído de algum modo do seio da natureza, se encontrasse num estado de total ignorância infantil e, por conseguinte, rudimentar e inábil: como um gênero semelhante pôde excogitar essa estrutura extremamente engenhosa da língua, essas formas gramaticais complicadas e variadas, mesmo se admitirmos que o patrimônio lexical da língua se acumulou pouco a pouco? Por outro lado, vemos também que os descendentes conservaram por toda parte a língua de seus antepassados e apenas gradualmente efetuaram nela pequenas modificações. No entanto, a experiência não nos ensina que na sucessão das gerações as línguas se aperfeiçoam do ponto de vista gramatical, mas, como já tratado, que ocorre justamente o contrário: elas se simplificam e pioram progressivamente. A despeito disso, devemos supor que a vida da língua se assemelha à de uma planta, que, nascida de uma semente nua, desenvolve-se lentamente como um rebento que pouco aparece, atinge seu acme e a partir dele decai, mais uma vez envelhecendo lentamente, mas que nós teríamos conhecimento apenas desse declínio, e não do crescimento anterior? Uma hipótese meramente imaginária e sobretudo totalmente arbitrária – uma comparação, nenhuma explicação! Para obter um esclarecimento, o mais plausível me parece supor que o homem tenha inventado a língua *instintivamente*, na medida em que nele reside um instinto primitivo, mediante o qual ele produz, sem reflexão nem intenção consciente, o instrumento e o órgão indispensáveis para o uso da sua razão; mais tarde, com a mudança de gerações, esse instinto é pouco a pouco perdido, quando a língua já existe e ele não encontra mais aplicação. Ora, assim como todas as obras produzidas apenas pelo instinto – por exemplo, as construções feitas pelas abelhas, pelas vespas, pelos castores, os ninhos dos pássaros em formas tão variadas e sempre adequadas ao seu objetivo etc. – possuem uma perfeição característica, na medida em que revelam uma constituição exata e servem a seu objetivo com precisão, de modo que admiramos a profunda sabedoria contida nelas, o mesmo pode ser observado na primeira língua primitiva: ela possuía a alta perfeição de todas as obras do instinto; seguir seus vestígios para trazê-la à luz da reflexão e da consciência clara é obra da gramática que surge apenas milênios mais tarde.

34 [299]

O aprendizado de muitas línguas constitui um meio de formação intelectual não apenas indireto, mas também direto e profundamente eficiente. Eis a razão de Carlos V ter dito: "Quantas línguas um homem conhece, tantas vezes é homem" (*Quot linguas quis callet, tot homines valet*). A questão baseia-se no que vem a seguir.

Para cada palavra de uma língua, não há em outra um equivalente preciso. Portanto, nem todos os conceitos designados pelas palavras de uma língua são exatamente os mesmos quando expressos pelas palavras de outra; embora isso ocorra na maioria dos casos, às vezes de forma surpreendentemente precisa, como σύλληψις e *conceptio*, *Schneider* e *tailleur*, geralmente têm-se apenas conceitos semelhantes e afins, porém diferentes mediante alguma modificação. Para tornar mais compreensível o que quero dizer, os exemplos a seguir podem ser úteis:

ἀπαίδευτος, rudis, roh,
ὁρμή, impetus, Andrang,
μηχανή, Mittel, medium,
seccatore, Quälgeist, importun,
ingénieux, sinnreich, clever,
Geist, esprit, wit,
Witzig, facetus, plaisant,
Malice, Bosheit, wickedness.

E poderiam ser acrescentados inúmeros outros exemplos e certamente ainda mais adequados. Simbolizando os conceitos por meio de círculos, como se faz na lógica, poder-se-ia exprimir esta "quase identidade" com círculos que praticamente se cobrem um ao outro, porém que não são totalmente concêntricos:

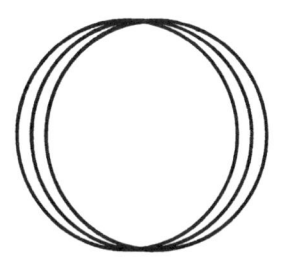

Às vezes, falta numa língua a palavra para um conceito, enquanto esta se encontra na maior parte ou até mesmo na totalidade das outras línguas: um exemplo bastante escandaloso disso é fornecido pela falta em francês do verbo "estar". Por outro lado, para alguns conceitos, há numa *única* língua uma palavra que mais tarde passa para as outras línguas: é o caso da palavra latina *affectus*, da francesa *naïf*, das inglesas *comfortable, di-*

sappointment, *gentleman* e muitas outras. Algumas vezes, uma língua estrangeira exprime um conceito com uma nuança que a nossa língua não lhe confere, e com tal nuança nós o pensamos justamente naquele momento: sendo assim, cada um que busca a exata expressão dos próprios pensamentos usará a palavra estrangeira sem se preocupar com a ladração dos puristas pedantes. Em todos os casos em que numa língua o mesmo conceito não é exatamente designado com uma palavra determinada como na outra língua, o léxico reproduz tal palavra por meio de muitas outras expressões afins entre si, que em sua totalidade correspondem ao significado dela, porém não de modo concêntrico, e sim em diversas direções, como na figura demonstrada acima, e com isso os limites dentro dos quais se encontra o conceito são determinados. Assim, por exemplo, a palavra latina *honestum* é apropriadamente parafraseada com os seguintes termos: *decente, honesto, honroso, considerável, virtuoso* etc.; a palavra grega σώφρων também é parafraseada de modo análogo*. Nisso baseia-se o caráter necessariamente insuficiente de todas as traduções. Quase nunca se consegue verter um período característico, pregnante e significativo de uma língua para outra, fazendo com que ele resulte exato e completo. *Poesias* não podem ser *traduzidas*, mas apenas *parafraseadas poeticamente*, o que é sempre desagradável. Até mesmo na simples prosa a melhor de todas as traduções, em comparação com o original, resultará, no máximo, como a transposição de uma peça musical em outra tonalidade. Quem entende de música sabe o que isso significa. Sendo assim, toda tradução permanece uma obra morta, e seu estilo é forçado, teso, inatural: ou então torna-se uma tradução livre, ou seja, que se contenta com um *à peu près* e que, portanto, é falsa. Uma biblioteca de traduções assemelha-se a uma pinacoteca de cópias. Isso para não falarmos das traduções de escritores da Antiguidade, que

---

* O termo grego σωφροσύνη não possui equivalente adequado em nenhuma outra língua.

são um sucedâneo deles, como a chicória é a sucedânea do café.

Por conseguinte, a dificuldade no aprendizado de uma língua reside principalmente em conhecer cada conceito para o qual ela tem uma palavra, mesmo quando a própria língua não possui uma que seja exatamente correspondente, como muitas vezes é o caso. Sendo assim, durante o aprendizado de uma língua estrangeira, é necessário marcar na própria mente algumas esferas de conceitos totalmente novas; desse modo, surgem esferas conceituais onde elas ainda não existiam. Portanto, não aprendemos apenas palavras, mas adquirimos conceitos. Isso ocorre sobretudo com o aprendizado das línguas antigas, pois o modo de expressão dos antigos é muito mais diferente do nosso, em comparação ao das línguas modernas entre si; é o que se revela quando, ao traduzir para o latim, sente-se a necessidade de recorrer a locuções muito diferentes daquelas contidas no original. Ou melhor, na maioria das vezes, somos obrigados a refundir e a transvasar completamente o pensamento a ser reproduzido em latim, desmontando-o em suas últimas partes e depois recompondo-o. Justamente nisso baseia-se o grande estímulo que o espírito obtém do estudo das línguas clássicas. Somente depois de se ter apreendido corretamente todos os conceitos designados por cada palavra da língua que se está estudando, e somente quando se consegue pensar para cada palavra desta língua, de imediato e com precisão, o conceito correspondente, e não a palavra traduzida para a língua materna e, portanto, o conceito por ela indicado, que nem sempre corresponde exatamente ao primeiro – e isso concerne também a frases inteiras –, apenas então teremos conseguido aferrar o espírito da língua a ser aprendida e teremos dado um grande passo em direção ao conhecimento da nação que a fala: pois a língua está para o espírito de uma nação assim como o estilo está para o espírito de um indivíduo*. A posse com-

---

* Possuir verdadeiramente muitas línguas modernas e saber lê-las com facilidade é um meio para se liberar da limitação nacional que em geral cada um traz consigo.

pleta de uma língua existe apenas quando somos capazes de traduzir nelas não livros, mas *nós mesmos*, de modo que, sem sofrer qualquer perda da própria individualidade, conseguimos nos comunicar diretamente nela e somos, portanto, apreciados tanto pelos estrangeiros como pelos compatriotas.

Pessoas de poucas capacidades não conseguirão realmente assimilar com facilidade uma língua estrangeira: embora aprendam suas palavras, empregam-nas apenas no significado do equivalente aproximado da sua língua materna e continuam a manter as construções e frases próprias desta última. Com efeito, esses indivíduos não conseguem assimilar o *espírito* da língua estrangeira, que depende essencialmente do fato de seu pensamento não se dar por meios próprios, mas, em grande parte, de ser emprestado pela língua materna, cujas frases e locuções habituais substituem seus próprios pensamentos. Eis, portanto, a razão de eles sempre se servirem, também na própria língua, de expressões idiomáticas desgastadas (*hackney'd phrases*; *phrases banales*), combinando-as de modo tão inábil, que logo se percebe quão pouco se dão conta do seu significado e quão pouco todo o seu pensamento supera as palavras, de modo que tudo se reduz a um palratório de papagaios. Pela razão oposta, a originalidade das locuções e a adequação individual de cada expressão usada por alguém são o sintoma inequivocável de um espírito preponderante.

Por conseguinte, de tudo isso resultam os seguintes fatores: no aprendizado de toda língua estrangeira, são formados novos conceitos para dar significado a novos signos; certos conceitos se separam uns dos outros, enquanto antes constituíam juntos um conceito mais amplo e, portanto, menos definido, justamente porque havia apenas uma palavra para ele; são descobertas relações até então desconhecidas, pois a língua estrangeira define o conceito mediante um tropo que lhe é peculiar ou mediante uma metáfora; desse modo, graças ao aprendizado de uma nova língua, entram na consciência uma infinidade de nuanças, semelhanças, diferenças, relações entre os elementos; finalmente, obtém-se uma visão mais ampla de todas as coisas. A conseqüência disso tudo é que em toda língua pensa-se diversamente, de modo que nosso pensamento recebe uma nova modificação e uma nova coloração sempre que aprende um idioma, o que faz com que o poliglotismo, além de suas muitas utilidades *indiretas*, seja também um meio *direto* de formação intelectual, na medida em que ele corrige e aperfeiçoa nossas opiniões, bem como aumenta a agilidade do pensamento graças à multiplicidade e à nuança dos conceitos que ressalta, pois, com o estudo de muitas línguas, o conceito se libera cada vez mais da palavra. As línguas antigas realizam esse processo de modo incomparavelmente diferente daquele realizado pelas línguas modernas; em virtude da sua grande diversidade em relação às nossas, não permitem que traduzamos palavra por palavra, mas exige que refundemos todo o nosso pensamento e o vertamos para outra forma. (Esta é uma das muitas razões da importância de aprender línguas antigas.) Ou (que me permitam uma comparação química), enquanto a tradução de uma língua moderna para outra também moderna exige, quando muito, que o período a ser traduzido seja decomposto em seus elementos *próximos* e novamente recomposto a partir deles, a tradução para o latim exige muitas vezes uma decomposição do período em seus elementos mais distantes e *últimos* (o puro conteúdo dos pensamentos), com os quais depois ele é regenerado em formas totalmente diferentes, de modo que, por exemplo, aquilo que na primeira foi expresso por meio de substantivo, na segunda é expresso por meio de verbo, ou o contrário e assim por diante. O mesmo processo é realizado quando se traduz de línguas antigas para modernas; tal exercício permite prever quão distante é a familiaridade com os autores antigos, obtida por meio de tais traduções.

A vantagem do estudo das línguas faltou aos gregos; eles podiam ganhar tempo ao deixar de estudá-las, porém aproveitavam-no de modo pouco econômico, como testemunha a vadiagem quotidiana das pessoas livres pela ἀγορά, que chega a fazer lembrar dos *lazzaroni** e de toda a movimentação italiana *in piazza*[30].

Daquilo que foi dito, finalmente pode-se entender que a imitação do estilo dos antigos em suas línguas, muito superiores às nossas no que concerne à perfeição gramatical, é o melhor meio de se preparar para a expressão ágil e completa dos próprios pensamentos na língua materna. Para quem quer se tornar um escritor, esse meio chega a ser indispensável; do mesmo modo como um iniciante em escultura e pintura não pode deixar de formar-se imitando os modelos da Antiguidade antes de passar a uma composição própria. Somente quando se escreve em latim aprende-se a considerar a dicção como uma obra de arte, cujo material constitui-se na língua, que, portanto, deve ser tratada com o máximo cuidado e a máxima delicadeza. Sendo assim, tende-se a voltar uma aten-

---

* Indivíduo indolente. (N. da T.)

ção mais aguda para o significado e o valor das palavras, para sua combinação e para suas formas gramaticais; aprende-se a pesá-las com precisão e a manejar o precioso material que se presta a servir a expressão e a conservar os pensamentos valiosos; aprende-se a ter respeito pela língua em que se escreve, de modo que ela não será tratada com arbítrio e capricho para ser transformada. Sem essa escola preliminar, a atividade do escritor degenera facilmente em meros palavreados.

O indivíduo que *não* entende *latim* assemelha-se àquele que se encontra num local bonito com neblina: seu horizonte é bastante limitado; vê com nitidez apenas o que lhe está próximo; poucos passos adiante tudo se torna indistinto. Em contrapartida, o horizonte do latinista estende-se com muita amplidão, através dos séculos mais recentes, da Idade Média e da Antiguidade. O grego ou até mesmo o sânscrito certamente alargam o horizonte de modo ainda mais considerável. Quem não compreende latim pertence ao *vulgo*, mesmo se se tratasse de um grande virtuose da máquina eletrostática e se tivesse o radical do ácido de espato de flúor no cadinho.

Em breve, vossos escritores que não conhecem latim não passarão de aprendizes de barbeiro fanfarrões. Eles já percorreram um bom caminho com seus galicismos e suas construções que pretendem ser fáceis. Vós, nobres germanos, buscastes a vulgaridade e a vulgaridade encontrareis. Uma verdadeira insígnia da indolência e um viveiro de ignorância são as edições de autores gregos que atualmente ousam desafiar a luz, e até mesmo (*horribile dictu*) de autores *latinos* com notas em *alemão*! Que infâmia! Como pode o aluno aprender latim, se entrementes se lhe fala continuamente na sua língua materna? Por isso, *in schola nil nisi latine* era uma boa regra antiga. O fato de o senhor professor não saber escrever fluentemente em latim e de o aluno, por sua vez, não o saber ler fluentemente é o lado humorístico da questão: colocai-a como quiserdes. Sendo assim, a indolência e a sua filha, a ignorância, estão por trás dessa história, nada mais. E é uma vergonha! Um não *aprendeu* nada, e o outro não *quer* aprender nada! Fumar charutos e palrar sobre política são as atividades que hoje tomaram o lugar da erudição; do mesmo modo como os livros ilustrados para crianças já crescidas substituíram as revistas literárias.

35 [299a]

Os franceses, inclusive as academias, tratam a língua grega de modo vergonhoso: tomam suas palavras para deformá-las. Escrevem, por exemplo, *étiologie, esthétique* etc.; por outro lado, apenas em francês o "ai" é pronunciado como em grego. Além disso, escrevem *bradype, Oedipe, Andromaque* e outras palavras do gênero, ou seja, escrevem as palavras gregas como as escreveria um camponês francês que as tivesse ouvido da boca alheia. Seria realmente muito cortês se os eruditos franceses ao menos quisessem fingir que entendem grego. Ora, ver o modo como a nobre língua grega é insolentemente mutilada em favor de um jargão tão repugnante como o francês, considerado por si só (este é um italiano deformado da maneira mais adversa, com as horríveis sílabas finais alongadas e a nasal), é um espetáculo semelhante ao que oferece a grande aranha das Índias ocidentais ao devorar um colibri, ou ao de um sapo que devora uma borboleta. Como, então, os senhores da academia se intitulam reciprocamente *mon illustre confrère*, e tal uso, especialmente de longe, provoca um imponente efeito graças à luz que refletem um ao outro, solicito aos *illustres confrères* que reflitam a respeito da questão: portanto, ou que deixem em paz a língua grega e se contentem com seu próprio jargão, ou que adotem as palavras gregas sem estropiá-las; tanto mais que, visto o modo como a deformam, resulta difícil adivinhar uma palavra grega dita por eles e decifrar o sentido da expressão. A esse mesmo âmbito pertence também o hábito bastante bárbaro, porém muito difundido entre os doutos franceses, de fundir uma palavra grega com uma latina: *pomologie*. Tais casos, meus *illustres confrères*, cheiram a aprendizes de barbeiro. Tenho todo o direito de exprimir essa crítica, pois as fronteiras políticas na república dos doutos valem tão pouco quanto sua existência na geografia física; e as fronteiras das línguas existem apenas para os ignorantes; as pessoas grosseiras, porém, não devem ser toleradas nessa república.

36 [300]

O fato de se acrescentar *pari passu* à multiplicação dos conceitos a provisão de palavras de uma língua é algo justo e até mesmo necessário. Se, ao contrário, a última ocorrer sem a primeira, tem-se simplesmente um sinal da pobreza de espírito, que a todo custo quer colocar algo no mercado e, por não ter novos pensamentos, chega com palavras novas. Atualmente, esse tipo de enriquecimento da língua muitas vezes faz parte da ordem do dia e é um sinal dos tempos. Mas palavras novas para conceitos antigos são como uma cor nova numa roupa velha.

De passagem e apenas porque nos encontramos justamente diante de um exemplo, devemos notar que as expressões *Ersteres und Letzteres* devem ser empregadas unicamente quando, como acima[31], cada uma deve substituir *mais de uma* palavra, e não quando se trata de *apenas uma*; em tal caso, é melhor repetir o termo que aparece sozinho. Com efeito, os gregos não hesitam de modo algum em recorrer a tais repetições, enquanto os franceses são os mais cuidadosos em evitá-la. Os alemães confundem-se tanto com seu *Ersteres und Letzteres*, que às vezes não se sabe o que vem antes e o que vem depois.

37 [301]

Nós desprezamos *os ideogramas dos chineses*. No entanto, como a tarefa de toda escrita é evocar conceitos mediante sinais visíveis na mente alheia, apresentar à vista, em primeiro lugar, apenas um sinal equivalente ao sinal audível e fazer com que ele se transforme no único portador do próprio conceito representa, evidentemente, um grande desvio: com isso, nossa escrita por letras é apenas um sinal do sinal. Poderíamos então nos perguntar qual vantagem teria o sinal audível em relação àquele visível, a ponto de nos fazer deixar o caminho direto da vista à mente para tomar um desvio tão grande, como o de fazer o sinal visível falar à mente alheia apenas por meio do sinal audível; enquanto seria obviamente mais simples, à maneira dos chineses, fazer do sinal visível o portador direto do conceito, e não o mero sinal do som; tanto mais que o sentido da vista é sensível a modificações ainda mais numerosas e delicadas do que o da audição e, além disso, permite que as impressões sejam dispostas uma ao lado da outra, o que as afeições da audição, por sua vez, não são capazes de fazer, pois são dadas exclusivamente no tempo. Os motivos aqui indagados poderiam ser os seguintes: 1) por natureza, recorremos em primeiro lugar ao sinal audível para exprimir, antes de tudo, as nossas emoções, mas em seguida também os nossos pensamentos: desse modo, chegamos a uma língua para o ouvido antes de pensarmos em inventar uma língua para a vista. Após um certo tempo, porém, é mais rápido reduzir esta última, quando ela se torna necessária, à língua para a audição do que inventar ou, respectivamente, aprender uma língua totalmente nova, ou melhor, de gênero totalmente diferente para a vista, tanto mais que logo se descobre que a infinidade de palavras pode ser reduzida a pouquíssimos sons e, portanto, ser facilmente expressa. 2) A visão é capaz de abranger modificações mais variadas do que a audição, no entanto, nós não somos capazes de *reproduzi-las* para a visão, como o fazemos para a audição; sem a ajuda de certos instrumentos. Também nunca seríamos capazes de produzir e mudar os sinais visivos com a mesma velocidade com que, graças à agilidade do órgão da língua, conseguimos fazer com os audíveis, como igualmente comprova a imperfeição da linguagem de sinais utilizada pelos surdos-mudos. Portanto, isso faz com que, por natureza, a *audi-*

ção seja o principal sentido da língua e, conseqüentemente, da razão. Mas então os motivos pelos quais, nesse caso excepcionalmente, o caminho direto não é o melhor são, na verdade, apenas externos e acidentais, que não surgem da essência da tarefa. Por conseguinte, se considerarmos a questão de um ponto de vista abstrato, puramente teórico e *a priori*, o procedimento dos chineses permaneceria como sendo o que de fato está correto; de modo que se poderia acusá-los somente de um certo pedantismo se tivessem deixado passar certas circunstâncias empíricas que pudessem sugerir outro caminho. Entrementes, a experiência também revelou um mérito extremamente importante da escrita chinesa. Na verdade, não é necessário saber chinês para conseguir exprimir-se nesta língua; cada um a lê na própria língua exatamente do mesmo modo como lê nossos sinais numéricos, que em geral representam para os conceitos numéricos o que os sinais da escrita chinesa representam para todos os conceitos; e os sinais algébricos têm essa mesma função até em relação aos conceitos abstratos de grandeza. Por isso, conforme me asseverou um comerciante inglês de chá que havia estado cinco vezes na China, a escrita chinesa é em todos os mares índicos o meio comum de compreensão entre comerciantes das mais diversas nações, que não usam nenhuma língua comum. Tal comerciante estava aliás firmemente convicto de que um dia essa língua se difundiria em todo o mundo, em virtude dessa sua peculiaridade. Um relato que concorda plenamente com essa opinião encontra-se em J. F. Davis, em sua obra *The Chinese*, Londres, 1836, cap. 15.

38 [302]

Os *depoentes* são o único elemento insensato, ou melhor, absurdo, da língua romana, e numa situação não muito melhor se encontram os *médios* da língua grega.

No entanto, um erro específico em latim é o fato de *fieri* representar a forma passiva de *facere*:

isso implica e inocula na mente de quem estuda a língua o erro terrível segundo o qual tudo o que é, ou pelo menos tudo o que se tornou, foi *feito*. Por outro lado, em grego e em alemão, γίγνεσθαι e *werden* [tornar-se] não valem diretamente como formas passivas de ποιεῖν e *machen* [fazer]. Posso dizer em grego: οὐκ ἔστι πᾶν γενόμενον ποιούμενον; mas essa frase não poderia ser traduzida literalmente em latim, como, porém, pode ser traduzida em alemão: "Nicht jedes Gewordene ist ein Gemachtes" [nem tudo o que se tornou é algo que foi feito].

39 [303]

As consoantes são o esqueleto, e as vogais, a carne das palavras. Aquela é (no indivíduo) imutável; esta, bastante mutável quanto à cor, à qualidade e à quantidade. Eis por que, atravessando os séculos ou até passando de uma língua para outra, as palavras conservam muito bem suas consoantes em seu conjunto, mas facilmente mudam as vogais. Por isso, na etimologia, é preciso levar em consideração muito mais as primeiras do que as segundas.

Para a palavra *superstitio* encontra-se todo gênero de etimologias, recolhidas nas *Disquisitiones magicae*, de Delrio, livro I, cap. 1, e também em Wegscheider, *Inst. theol. dogmaticae*, proleg. cap. I, par. 5, d. Suponho, porém, que a origem da palavra resida no fato de ela, por natureza, ter indicado simplesmente a crença em espectros, ou seja: *defunctorum manes circumvagari, ergo mortuos adhuc superstites esse*.

Quero esperar não dizer nada de novo ao observar que μορφή e *forma* são a mesma palavra e se relacionam justamente como *renes* e *Nieren* [rins], *horse* e *Ross* [cavalo]; espero igualmente não revelar nenhuma novidade ao notar que, dentre as semelhanças do grego com o alemão, uma das mais significativas é que em ambos o superlativo se forma com *st* (-ιστος); enquanto o mesmo não ocorre em latim. Antes, eu poderia duvidar que já se conheça a etimologia da palavra *arm* [pobre], ou seja, que ela provém de ἔρημος, *eremus*, em italiano *ermo*: pois *arm* significa "lugar onde não há nada", portanto, "deserto, vazio". (No Eclesiástico 12,4, encontra-se: ἐρημώσουσι para "empobrecer".) Em contrapartida, é de esperar que já se conheça *Unterthan* [súdito], derivado do inglês arcaico *Thane*, vassalo, palavra muito usada em *Macbeth*. A palavra alemã *Luft* [ar] provém do termo anglo-saxão, conservado em inglês como *lofty*, alto, *the loft*, sótão, *le grenier*, uma vez que com *Luft* indicava-se em princípio simplesmente o que se encontra em local superior, a atmosfera, como ainda se costuma usar na expressão *in der Luft* para dizer *oben* [acima]. Do mesmo modo, enquanto a palavra anglo-saxã *first*, primeiro, conservou seu significado mais genérico em inglês, em alemão tal sentido permaneceu apenas na palavra *Fürst* [príncipe], *princeps*.

Além disso, considero as palavras *Aberglauben* [superstição] e *Aberwitz* [loucura] como derivadas de *Überglauben* [crença em demasia] e *Überwitz* [loucura em demasia], sob a mediação de *Oberglauben* e *Oberwitz* (como *Überrock* [sobretudo] e

Oberrock, Überhand [na expressão *überhandnehmen*, aumentar excessivamente] e *Oberhand* [supremacia]), o que nos leva à corruptela do "o" em "u"; o contrário ocorre no emprego de *Argwohn* [suspeita] em vez de *Argwahn*. Igualmente, creio que *Hahnrei* [cornudo] seja uma corruptela de *Hohnrei*, palavra que foi conservada em inglês como grito de escárnio: "O hone-a-rie!" Tal termo aparece em *Letters and Journals of Lord Byron: with notices of his life*, by Thomas Moore, Londres, 1830, vol. I, p. 441. Em geral, o inglês é a despensa na qual reencontramos conservadas nossas palavras antiquadas e o sentido original daquelas ainda em uso: por exemplo, o já mencionado *Fürst* em seu significado primitivo de *primeiro, the first, princeps*. Na nova edição do texto original da *Teologia alemã*, muitas palavras derivadas apenas do inglês me são familiares e, portanto, compreensíveis. O fato de *Epheu* [hera] derivar de *Evoe* não será uma idéia nova?

Es kostet mich não é outra coisa senão um solene e precioso erro de língua, outorgado pelo longo uso. *Kosten*, como o italiano *costare*, vem de *constare*. *Es kostet mich* significa, portanto, *me constat*, em vez de *mihi constat*. A frase "dieser Löwe kostet mich" [esse leão me saboreia] não pode ser dita pelo dono de uma coleção de animais, mas apenas por quem é devorado pelo leão[32].

A semelhança entre *coluber* e *colibri* deve ser totalmente casual, ou então teríamos de buscar sua origem na pré-história da humanidade, visto que os colibris se encontram apenas na América. Por mais diferentes, ou melhor, opostos, que sejam esses dois animais, uma vez que muito freqüentemente o colibri se torna *praeda colubri*, esse exemplo poderia nos fazer pensar numa troca análoga em relação ao espanhol, em que *aceite* não significa *azeite*, mas *óleo*. Além disso, encontramos outras concordâncias ainda mais surpreendentes entre nomes originariamente americanos e os da Antiguidade européia, como entre a *Atlântida*, de Platão, e *Aztlan*, antigo nome indígena do México, que continua presente nos topônimos das cidades mexicanas de Mazatlan e Tomatlan, e também entre o alto monte *Sorata*, no Peru, e o italiano *Soratte*, nos Apeninos.

40 [303a]

Nossos germanistas hodiernos (segundo um artigo da *Deutsche Vierteljahres-Schrift*, de outubro/ dezembro de 1855) dividem a *língua alemã* (*diuske*) em ramos, como: o ramo *gótico*; 2) o *nórdico*, isto é, islandês, do qual derivam o sueco e o dinamarquês; 3) o *baixo-alemão*, do qual provêm o *Plattdeutsch* e o holandês; 4) o *frisão*; 5) o *anglo-saxão*; 6) o *alto-alemão*, que teria surgido no início do século VII e se divide em antigo, médio e novo alto-alemão. Todo esse sistema não é absolutamente novo, mas, refutando igualmente a derivação do gótico, já foi apresentado por Wachter em sua obra *Specimen Glossarii germanici*, Lips., 1727. (Cf. Lessing, *Collectanea*, vol. II, p. 384.) Acredito, porém, que nesse sistema se encontre mais patriotismo do que verdade, e me declaro partidário do sistema do honesto e inteligente Rask. O *gótico*, que deriva do sânscrito, dividiu-se em três dialetos: o sueco, o dinamarquês e o alemão. Nada sabemos da língua dos antigos germanos, e eu me permito supor que esta tenha sido uma língua absolutamente diferente da gótica, e portanto também da nossa: *pelo menos* no que concerne à língua, somos góticos. No entanto, nada me indigna mais do que a expressão "línguas indo-germânicas", isto é, a língua dos Vedas conciliada com o que terá sido o jargão dos já mencionados germanos indolentes. *Ut nos poma natamus!* De resto, a chamada mitologia germânica, ou melhor, gótica, junto à saga dos Nibelungos e assim por diante, também se encontra muito mais desenvolvida e autêntica na Islândia e na Escandinávia do que com os nossos germanos indolentes; e as antiguidades, os objetos encontrados em escavações e as runas nórdicas, quando comparados aos alemães, demonstram que na Escandinávia a civilização era muito mais desenvolvida em todos os campos.

É surpreendente o fato de que no francês não se encontrem palavras alemãs como no inglês, visto que no século V a França foi ocupada pelos visigodos, burgúndios e francos, além de ter sido governada por reis francos.

Niedlich, do antigo alemão *neidlich* = *beneidenswerth* [invejável]. *Teller* [prato], de *patella* [prato]. *Viande* [carne], do italiano *vivanda* [comida]. *Spada*, *espada*, *épé*, de σπάθη, que nesse sentido é empregado, por exemplo, por Teofrasto nos *Caracteres*, cap. 24, περὶ δειλίας. *Affe* [macaco], de *Afer* [africano], porque os primeiros macacos trazidos à Alemanha pelos romanos foram apresentados aos alemães com essa palavra. *Kram* [traste], de κρᾶμα [mistura], κεράννυμι [mescla]. *Taumeln* [cambalear], de *temulentus* [ébrio]. *Vulpes* [raposa] e *Wolf* [lobo] provavelmente pertencem à mesma família, com base na troca de duas espécies do gênero *canis*. Há uma enorme possibilidade de que *Wälsch* seja apenas uma pronúncia diferente de *Gälisch* (*gaelic*), isto é, céltico, e para os antigos alemães indicava a língua não-germânica, ou melhor, não-gótica. Por isso, hoje significa particularmente o italiano, portanto, a língua românica. *Brod* [pão] vem de βρῶμα [comida]. *Volo* [vôo] e βούλομαι, ou antes βούλω, são, em sua raiz, a mesma palavra. *Heute* e *oggi* [hoje] vêm de *hodie* e, no entanto, não se assemelham. O alemão *Gift* [veneno] é a mesma palavra do inglês *gift* [presente]: esse termo deriva de *geben* [dar] e significa algo ministrado (*eingegeben*); eis a razão do uso de *vergeben* [repartir] em vez de *vergiften* [envenenar]. *Parlare* [falar] provavelmente vem de *perlator*, portador, mensageiro; por isso o inglês *a parley* [parlamentação]. Evidentemente, *to dye* [morrer] está relacionado a δεύω, δεύειν assim como *tree* a δρῦς [carvalho]. De *Garuda*, a águia de Vishnu, *Geier* [abutre]. De *Mala*, *Maul* [focinho]. *Katze* [gato] é a forma contraída de *catus*. *Schande* [vergonha] vem de *scandalum*, que talvez pertença à mesma família de *tschandala*, do sânscrito. *Ferkel* [leitão], de *ferculum* [bandeja], pois é levado inteiro à mesa. *Plärren* [berrar; choramingar], de *pleurer* e *plorare* [chorar]. *Füllen, Fohlen* [potro], de *pullus* [filhote]. *Poison* e *ponzonna* [veneno], de *potio* [veneno]. *Baby* [bebê] é *bambino* [menino].

Brand [ferrete; tição], do inglês antigo, vem do italiano *brando* [espada]. *Knife* [faca] e *canif* [canivete] são a mesma palavra: de origem céltica? *Ziffer, cifra, chiffre, ciphre* derivam provavelmente do galês, portanto céltico, *cyfrinach*, mistério (cf. Pictet, *Mystère des Bardes*, p. 14). O italiano *tuffare (mergere)* [imergir] e o alemão *taufen* [batizar] são a mesma palavra. *Ambrosia* parece-me semelhante a *amriti*; *Asen* [divindades germânicas] talvez esteja relacionada com αἶσα. Tanto no sentido quanto na palavra, λαβρεύομαι é idêntico a *labbern* [palrar]. αολλεῖς significa *Alle* [todos]. *Seve* é *Saft* [suco]. É estranho que *Geiss* [cabra] seja *Zieg* [cabra] ao contrário. O inglês *bower*, pérgula = *Bauer* (nosso *Vogelbauer* [gaiola]).

Sei que os glotólogos estudiosos de sânscrito, muito diferentemente de mim, são capazes de derivar a etimologia de suas fontes; não obstante, conservo a esperança de que ao meu diletantismo nesta matéria tenham restado muitos frutos a serem colhidos.

Notas

1. Os *Tagelöhner* são "trabalhadores pagos por dia, diaristas". Cf. por exemplo, para a alusão de Schopenhauer, a palavra *Tageblatt*, que significa "jornal diário".

2. Goethe, *Spruch, Widerspruch*, em *Werke*, Zurique, 1949, vol. I, p. 456.

3. Ariosto, *Orlando furioso*, X, 84. Em italiano no texto.

4. Horácio, *Sátiras*, II, 5, 72.

5. Horácio, *Ars poet.*, 139.

6. *Ibid.*, 309.

7. N. Boileau, *Épître IX à M. le Marquis de Seignelay*.

8. Lichtenberg fala do ator inglês David Garrick (1716-79) em suas *Briefe aus England* (A Henrich Christian Boie, primeira carta).

9. Shakespeare, *Henrique IV*, parte II, ato V, cena III.

10. "É comum acontecer de se compreender com mais facilidade e clareza o que é dito por uma pessoa compe-

tente... De modo que uma pessoa será tanto mais obscura quanto menos valer."

11. Voltaire, *Discours sur l'homme*, VI.

12. *Loc. cit.* A citação exata é: "Le secret d'ennuyer est celui de tout dire."

13. "O homem nascido da mulher vive breve tempo cercado de muitas misérias e, como a flor, nasce e é pisado, e foge como uma sombra" (Jó 14, 1).

14. Trata-se de um jogo de palavras: *Abtritt*, quando não é usado como sinônimo de *Abtretung* ("cessão"), significa em alemão "latrina".

15. Na sua biblioteca, Schopenhauer possuía um exemplar de *Der arme Heinrich*, de Hartmann von der Aue, na edição publicada pelos irmãos Grimm (Berlim, 1815). Nas margens, fez várias observações críticas, por exemplo na p. 145: "Nem sequer sabem alemão, mas então o que sabem?"

16. *Ungeschlachtet*, "não abatido"; *ungeschlacht*, "grosseiro, rústico".

17. *Verweis*, "admoestação"; *Verweisung*, "expulsão".

18. Vauvenargues, *Réflexions et maximes*, n° 148.

19. A citação é tirada do esquema para a continuação de *Die natürliche Tochter*.

20. Horácio, *Carm.*, II, 19, 2.

21. "Para aumentar a massa dos livros existentes, não escrevi."

22. "Dignidade estilística."

23. A palavra citada por Schopenhauer para a sua cacofonia indica o pedágio que os navios que navegavam do Mar do Norte para o Báltico e vice-versa deviam pagar à Dinamarca.

24. "A maior coisa que há, de longe, é encontrar semelhanças. Já que somente isso não se pode aprender com outra pessoa, sendo sinal de natureza genial. De fato, para estabelecer boas semelhanças, é necessário reconhecer a igualdade." "Também em filosofia, encontrar o que é igual, mesmo em coisas muito dessemelhantes entre si, é sinal de acuidade de espírito."

25. Cf. Shakespeare, *Hamlet*, ato II, cena II, e Mt 10,16.

26. Em italiano no texto.

27. Do epigrama de A. W. Schlegel, *Studium des Altertums*, publicado no "Musenalmanach" de 1802.

28. O trecho de Lichtenberg a que Schopenhauer alude é: "Creio que hoje se cultive de maneira excessiva-

mente minuciosa a história das ciências, com grande prejuízo para a própria ciência. É agradável de ler, mas na verdade deixa a cabeça, se não totalmente vazia, pelo menos sem verdadeira energia, justamente porque a enche demais. Quem já sentiu em si, pelo menos uma vez, não o impulso de encher a cabeça, mas de reforçar a inteligência, de desenvolver as energias e as disposições, de ampliar a própria personalidade, achará que não há nada que tenha menor energia do que uma conversa com alguém conhecido como 'historiador' da ciência, isto é, uma pessoa que não deu sua contribuição pessoal a essa ciência, mas conhece milhares de pequenos fatos histórico-literários. É como ler um livro de culinária quando se tem fome. Acho também que, entre os homens que pensam e que são conscientes do seu próprio valor e do valor da ciência autêntica, a chamada história literária nunca terá êxito. Estes preferem raciocinar a dar-se ao trabalho de saber como os outros raciocinaram. A coisa mais triste nisso tudo é achar que, quanto mais numa ciência aumenta o gosto pelas pesquisas literárias, tanto mais diminui a energia empregada para ampliar a própria ciência e aumenta apenas o orgulho de possuí-la.

Essa gente acredita possuí-la mais do que quem de fato a possui. É, decerto, uma observação muito bem fundamentada a de que a verdadeira ciência nunca deixa orgulhoso seu possuidor. Inflam-se de orgulho apenas os que, incapazes de ampliar a ciência em si, dedicam-se a ilustrar sua história ou sabem contar tudo o que os outros fizeram, porque consideraram essa ocupação amplamente mecânica um exercício da própria ciência. Eu poderia dar exemplos, mas são coisas por demais odiosas" (*Vermischte Schriften*, Göttingen, 1801, vol. II, p. 302).

29. Schiller, *Jungfrau von Orléans*, em *Werke*, Weimar, 1943, vol. IX, ato V, cena XIV, conclusão.

30. Em italiano no texto.

31. Na verdade, no início do capítulo, Schopenhauer usou *Letzteres* ("esta última coisa") e *Ersteres* ("a primeira").

32. Jogo de palavras entre *kosten* = "custar" e *kosten* = "saborear".

Índice

Apresentação de Franco Volpi   V

Sobre o ofício do escritor   1

Da leitura e dos livros   135

Da língua e das palavras   163

Notas   201